Pas de lettre pour le colonel

Du même auteur aux éditions Grasset

DES FEUILLES DANS LA BOURRASQUE.

LA MALA HORA.

RÉCIT D'UN NAUFRAGÉ.

L'INCROYABLE ET TRISTE HISTOIRE DE LA CANDIDE ERENDIRA ET DE SA GRAND-MÈRE DIABOLIQUE, coll. Cahiers Rouges.

LES FUNÉRAILLES DE LA GRANDE MÉMÉ, coll. Cahiers Rouges.

L'AUTOMNE DU PATRIARCHE.

L'AMOUR AUX TEMPS DU CHOLÉRA.

LE GÉNÉRAL DANS SON LABYRINTHE.

Gabriel García Márquez

Pas de lettre pour le colonel

Traduction de l'espagnol de
DANIEL VERDIER,
revue par l'auteur

Bernard Grasset
PARIS

L'édition originale de cet ouvrage a été publiée en 1961 par Aguirre Editor, Colombia, sous le titre :

El coronel no tiene quien le escriba

La première édition française en a été publiée en 1963 par Christian Bourgois aux Éditions René Julliard.

Gabriel García Márquez / Pas de lettre pour le colonel

Nous savons que Gabriel García Márquez connut une enfance peuplée de merveilleux et de fantastique, né dans la modeste ex-bananeraie au nom exotique d'Aracataca, sur la côte caraïbe de la Colombie, grandissant dans une énorme bâtisse aux multiples pièces soigneusement calfeutrées contre le soleil agressif et la chaleur trop vive, où, pour apaiser ses peurs nocturnes, sa grand-mère, galicienne et bavarde, lui racontait des histoires de fantômes tandis que le jour, pour meubler l'ennui d'un temps immobile, son grand-père lui répétait inlassablement ses souvenirs de la guerre civile.

Lorsque, devenu journaliste, il se retrouve en 1955 à Paris correspondant d'un quotidien de Bogota qui bientôt fermera ses portes, dictature oblige, le voilà fort désemparé et bien démuni. Il est là, sans travail et l'esprit tourmenté, attendant probablement de vains subsides colombiens qui jamais n'arrivent, attentif aux pas de quelque facteur qui n'a jamais rien pour lui. Est-ce la conjonction de cette situation critique et des folles histoires dont il a la tête pleine qui lui dicte alors ces pages superbes? Toujours est-il qu'en 1957.

*juste avant de rentrer dans son pays, il met à Paris le
point final à un récit court et décisif,* PAS DE LETTRE
POUR LE COLONEL. *Ce bref roman fut publié en 1961 en
Colombie et en 1963 en version française. En 1980,
l'auteur reprit et corrigea lui-même cette traduction
pour les Éditions Grasset, et c'est ce texte définitif qui
est proposé ici.*

*L'histoire est des plus simples : dans un village
perdu de Colombie, sous un automne tristement gris
marqué par de lentes pluies continues, un vieux colonel famélique attend la lettre de la capitale qui lui
annoncera l'attribution de la pension militaire qu'il a
méritée pour de bons et loyaux services rendus durant
la guerre civile. Ainsi donc, depuis des années, tous les
vendredis, le colonel se rend au port à l'arrivée de la
gabare qui amène le courrier de Bogota et reçoit
immanquablement la même réponse de l'employé :
« Rien pour le colonel. » Ce qui est doublement, voire
triplement dramatique, car non seulement son ventre
crie famine – ce que l'auteur traduit en sa verve fantastique : « Il sentit des champignons et des iris vénéneux lui pousser dans les tripes » –, mais son épouse
s'épuise en crises d'asthme, et, pour comble de malheur, son coq de combat n'a plus rien à becqueter. Or
ce coq qui devient bientôt la* dramatis persona, *ou le
motif envahissant, du récit, est sa seule fierté. Il
représente même sa seule possibilité de revanche. Ce
coq, en effet, lui vient de son fils Agustin, assassiné
quelques mois plus tôt pour avoir distribué, en plein
état de siège, des tracts antigouvernementaux. Les
camarades d'Agustin offrent-ils chaque jour une poignée de maïs pour assurer la subsistance de l'animal
qui, seul, est capable de venger cette mort ? C'est la*

survie de toute la famille qui est ainsi garantie : le coq picore quelques grains, le colonel et son épouse engloutissent des bouillies, dans une atmosphère tragi-comique ou grotesque. Mais tout de même, faudra-t-il, au bout du compte et de la faim, immoler le coq ? ou le vendre à vil prix ? L'imagination est ici au pouvoir et le colonel a assez d'humour ou de distance par rapport à l'adversité pour s'en remettre à l'espoir.

Et puis, les lecteurs de Gabriel García Márquez découvriront là une nouvelle pousse de cet univers étouffant de Macondo, déjà esquissé dans les contes et nouvelles précédemment publiés. De la première à la dernière ligne, superbe cohérence d'un talent souverain.

Albert BENSOUSSAN.

Chapitre I

Le colonel déboucha le pot à café et constata qu'il n'en restait plus qu'une petite cuiller. Il retira la marmite du fourneau, versa la moitié de l'eau sur le sol de terre battue et gratta avec un couteau l'intérieur du pot au-dessus de la marmite jusqu'à ce que les dernières plaques de poudre de café collées à la rouille se soient détachées.

Assis à côté du fourneau de terre cuite dans une attitude d'expectative confiante et naïve, le colonel attendait que l'eau eût commencé à bouillir quand il sentit des champignons et des iris vénéneux lui pousser dans les tripes. On était en octobre. Ce matin serait difficile à tromper, même pour un homme comme lui qui avait survécu à tant d'autres matins semblables à celui-là. Pendant cinquante-six ans — depuis la fin de la guerre civile —, le colonel n'avait rien fait d'autre qu'attendre. Octobre était une des seules choses à advenir.

Sa femme souleva la moustiquaire quand elle le vit entrer dans la chambre avec le café. Elle avait eu une crise d'asthme durant la nuit et traversait à présent un état de semi-torpeur. Elle se dressa cependant pour prendre la tasse.

— Et toi, dit-elle.

— J'en ai déjà pris, mentit le colonel. Il en restait encore deux cuillerées.

Le glas se mit à ce moment-là à sonner. Le colonel avait oublié l'enterrement. Tandis que sa femme buvait son café, il décrocha un côté du hamac et l'enroula vers l'autre, derrière la porte. La femme pensa au mort.

— Il est né en 1922, dit-elle. Exactement un mois après notre fils. Le 7 avril.

Elle continua à siroter son café entre les pauses de sa respiration caillouteuse. C'était une femme bâtie tout en cartilage sur une épine dorsale arquée et rigide. Les soubresauts de sa respiration l'obligeaient à poser ses questions sur le mode affirmatif. Son café fini, elle pensait toujours au mort.

« Ce doit être horrible d'être enterré en octobre », dit-elle. Mais son mari ne lui prêta pas attention. Il ouvrit la fenêtre. Octobre s'était installé dans la cour. En contemplant la végétation qui s'épanouissait en verts intenses et les minuscules boursouflures soulevées par les vers de terre, le colonel ressentit à nouveau les atteintes du mois funeste dans ses intestins.

— J'ai les os humides, dit-il.

— C'est l'hiver, répliqua la femme. Depuis que les pluies ont commencé, je te dis de dormir avec tes chaussettes.

— Il y a une semaine que je dors avec.

Il pleuvait lentement mais continuellement. Le colonel aurait préféré s'enrouler dans une couverture et se réinstaller dans son hamac. Mais l'insistance des cloches fêlées lui rappela l'enterrement. « C'est octobre », murmura-t-il, et il s'avança vers le centre de la chambre. Alors seulement il se souvint du coq attaché au pied du lit. C'était un coq de combat.

Il rapporta la tasse à la cuisine, puis, dans la grand'salle, remonta une pendule à balancier encadrée de bois sculpté. Contrairement à la chambre à coucher, trop étroite pour la respiration d'une asthmatique, la pièce était vaste, avec quatre fauteuils de rotin autour d'une petite table recouverte d'un napperon où trônait un chat en plâtre. Sur le mur opposé à la pendule, un tableau montrait une femme drapée de tulles dans une barque chargée de roses, entourée de cupidons.

Il était sept heures vingt quand le colonel eut achevé de remonter la pendule. Il transporta alors le coq à la cuisine, l'attacha à un pied du fourneau, changea l'eau de la gamelle et déposa à côté une poignée de maïs. Des enfants firent irruption par une brèche de la clôture. Ils s'assirent autour du coq pour le contempler en silence.

— Ne regardez pas tant cet animal, dit le colonel. Les coqs s'usent quand on les regarde trop.

Les enfants ne furent pas impressionnés. L'un d'eux commença à jouer un air à la mode sur un harmonica. « Ne joue pas aujourd'hui, lui dit le colonel. Il y a un mort dans le village. » Le garçon remit l'instrument dans la poche de son pantalon et le colonel alla dans la chambre s'habiller pour l'enterrement.

Son costume blanc n'était pas repassé. Sa femme n'avait pu s'en occuper à cause de sa crise d'asthme et le colonel dut se rabattre sur le vieil habit de drap noir qu'il ne mettait, depuis son mariage, que dans les grandes occasions. Il eut de la peine à le trouver au fond de la malle, enveloppé dans des journaux et protégé contre les mites par des boules de naphtaline. Étendue sur le lit, la femme continuait à penser au mort.

— Il a déjà dû rencontrer Agustin, dit-elle. Il ne lui dira peut-être pas dans quelle situation on est depuis sa mort.

— A l'heure qu'il est, ils doivent parler du coq, assura le colonel.

Il trouva dans la malle un vieux parapluie, immense. Sa femme l'avait gagné à une tombola politique organisée au profit du parti du colonel. Le même soir, ils avaient assisté à un spectacle en plein air que la pluie n'avait pas interrompu. Le colonel, sa femme et leur fils Agustin — alors âgé de huit ans — étaient restés jusqu'à la fin du spectacle, assis sous le parapluie. Maintenant Agustin était mort et les mites avaient dévoré l'étoffe de satin brillant.

— Regarde ce qui reste de notre parapluie de clown, dit le colonel en reprenant une vieille expression à lui. — Il déploya au-dessus de sa tête un mystérieux système de tiges métalliques. — Il ne sert plus maintenant qu'à compter les étoiles.

Il sourit. Mais la femme ne se donna pas la peine de regarder le parapluie. « Tout est comme ça, murmura-t-elle. Nous sommes en train de pourrir sur pied. » Puis elle ferma les yeux pour penser plus intensément au mort.

Après s'être rasé à tâtons — cela faisait longtemps qu'ils n'avaient plus de miroir —, le colonel se vêtit en silence. Le pantalon, presque aussi serré aux jambes que le caleçon

long et fermé aux chevilles par des nœuds
coulants, n'avait nul besoin de ceinture : deux
bretelles de même tissu le soutenaient à la
taille, passant dans deux boucles dorées cou-
sues à hauteur des reins. La chemise couleur
de vieux carton, dure comme du carton,
fermait avec un bouton de cuivre qui servait en
même temps à maintenir le faux col. Mais le
faux col était cassé, si bien que le colonel
renonça à mettre une cravate.

Il faisait toute chose comme s'il s'agissait
d'un acte transcendantal. Les os de ses mains
saillaient sous une peau brillante et tendue
tachée de plaques blanches comme celle de son
cou. Avant de chausser ses vernis, il gratta la
boue incrustée dans les coutures. Sa femme le
vit en cet instant vêtu comme au jour de leur
mariage. Alors seulement elle remarqua combien son époux avait vieilli.

— Tu es comme pour un événement, dit-
elle.

— Cet enterrement est un événement, dit
le colonel. C'est le premier mort de mort
naturelle que nous ayons depuis longtemps.

Passé neuf heures, il cessa de pleuvoir. Le
colonel se disposait à partir quand sa femme
l'agrippa par la manche de son veston.

— Peigne-toi, dit-elle.

Il essaya d'apprivoiser avec un peigne de

corne les touffes de crin couleur d'acier. Mais ce fut peine perdue.

— Je dois avoir l'air d'un perroquet, dit-il.

Sa femme l'examina. Elle pensa que non. Le colonel ne ressemblait pas à un perroquet. C'était un homme aride, aux os solides articulés comme sur des gonds métalliques. La vitalité de ses yeux prouvait qu'il n'était pas conservé dans le formol.

— Tu es bien comme ça, admit-elle, et elle ajouta quand son mari fut sorti de la chambre : — Demande au docteur ce qu'on lui a fait pour ne plus remettre les pieds dans cette maison.

Ils habitaient au bout du village une maison au toit de palmes dont les murs blanchis à la chaux s'étaient écaillés. L'air était toujours humide, mais il ne pleuvait plus. Le colonel descendit vers la place par une ruelle de maisons pelotonnées les unes contre les autres. En débouchant dans la rue principale, il tressaillit : aussi loin que portait sa vue, le village était tapissé de fleurs. Assises sur le pas des portes, les femmes en noir attendaient l'enterrement.

Sur la place, il se remit à bruiner. Le propriétaire de la salle de billard aperçut le colonel depuis l'entrée de son établissement et lui cria, les bras ouverts :

— Colonel, attendez que je vous prête un parapluie.

Le colonel répondit sans détourner la tête :

— Merci, ça va bien comme ça.

L'enterrement n'était pas encore sorti. Les hommes, vêtus de blanc avec une cravate noire, devisaient devant la porte de la maison du mort, à l'abri des parapluies. L'un d'eux vit le colonel enjamber les flaques de la place.

— Venez vous mettre là, *compadre*, cria-t-il.

Il lui fit une place sous le parapluie.

— Merci, *compadre*, dit le colonel.

Mais il n'accepta pas l'invitation. Il entra directement pour aller présenter ses condo-léances. La première chose qu'il perçut dans la maison, ce fut l'odeur d'une foule de fleurs différentes. Puis ce fut la chaleur. Le colonel tenta de se frayer un chemin parmi la masse de gens bloqués dans une pièce, mais quel-qu'un lui posa la main sur l'épaule et le poussa jusqu'au fond de la chambre devant une rangée de visages perplexes, à l'endroit où se trouvaient — béantes et dilatées — les fosses nasales du mort.

La mère était là, chassant les mouches du cercueil avec un éventail de palmes tressées. D'autres femmes en deuil contemplaient le cadavre comme elles auraient regardé couler l'eau d'une rivière. Soudain, une voix s'éleva du fond de la chambre. Le colonel écarta une femme, rencontra le profil de la mère du mort et posa une main sur son épaule. Il serra les dents

— Mes sincères condoléances, dit-il.

Elle ne détourna pas la tête. Elle ouvrit la bouche et lâcha un hurlement. Le colonel tressaillit. Il se sentit poussé contre le cadavre par une masse informe qui explosa dans un cri effrayant. Il chercha appui à tâtons et ses mains ne rencontrèrent pas le mur, mais d'autres corps à la place. Quelqu'un murmura à son oreille, lentement, avec une voix éteinte : « Attention, colonel. » Il tourna la tête et se retrouva nez à nez avec le mort. Mais le colonel ne le reconnut pas : il était raide et, enveloppé de draps blancs, son cornet à pistons entre les mains, il paraissait tout aussi décontenancé que lui. Quand il releva la tête pour chercher de l'air au-dessus des cris, le colonel vit le cercueil fermé cahoter en direction de la porte dans un sillage de fleurs qui se déchiraient contre les murs. Il transpira. Ses articulations lui faisaient mal. Peu après, il sut qu'il était dans la rue car le crachin lui picota les paupières. Quelqu'un lui prit le bras et lui dit :

— Dépêchez-vous, *compadre*, je vous attendais.

C'était don Sabas, le parrain de son fils mort, le seul dirigeant de son parti rescapé de la répression politique et qui vivait encore au village. « Merci, *compadre* », dit le colonel, et il marcha en silence à l'abri du parapluie. La fanfare attaqua une marche funèbre. Le colonel remarqua qu'il manquait un cuivre et, pour la première fois, il eut la certitude que le mort était mort.

— Le pauvre, murmura-t-il.

Don Sabas toussota. Il tenait le parapluie de la main gauche, le manche presque à hauteur de sa tête, car il était moins grand que le colonel. Les hommes commencèrent à deviser dès que le cortège eut quitté la place. Don Sabas tourna vers le colonel son visage d'enterrement et dit :

— Et le coq, *compadre*?

— Le coq, il est là-haut, répondit le colonel.

A ce moment, on entendit un cri :

— Où allez-vous avec ce mort?

Le colonel leva les yeux. Il vit le maire au balcon de la caserne de police, planté comme un orateur. Il était en caleçon et maillot de corps, le visage bouffi, mal rasé. Les musiciens interrompirent la marche funèbre. L'instant d'après, le colonel reconnut la voix du père Angel qui s'époumonait avec le maire. Il déchiffra leur dialogue à travers

le crépitement de l'averse sur les parapluies.

— Alors? demanda don Sabas.

— Alors rien, répondit le colonel. L'enterrement ne peut pas passer devant la caserne.

— J'avais oublié ça, s'exclama don Sabas.
J'oublie toujours que nous sommes en état de
siège.

— Il ne s'agit pourtant pas d'une insurrec-
tion, dit le colonel, mais d'un pauvre musicien
mort.

Le cortège changea de direction. Dans le
bas du village, les femmes le virent passer en
se rongeant les ongles en silence. Aussitôt
après, elles se répandirent dans la rue en
poussant des cris de louanges, de prières et
d'adieux, comme si elles avaient cru que le
mort les écoutait dans son cercueil. Au cimetière, le colonel se sentit mal. Don Sabas
le poussa contre le mur pour laisser passer
les hommes qui transportaient le mort,
mais quand il se tourna vers lui d'un air
souriant, il se heurta à un visage de
pierre.

— Qu'avez-vous, *compadre*? demanda-t-il.

Le colonel soupira.

— C'est octobre, *compadre*.

Ils s'en retournèrent par la même rue. Il
avait cessé de pleuvoir. Le ciel devint profond,

d'un bleu intense. « Il ne pleut plus », songea le colonel, et il se sentit mieux. Mais il avait toujours l'air aussi absent. Don Sabas l'interrompit dans ses pensées.

— *Compadre*, faites-vous voir par le médecin.

— Je ne suis pas malade, dit le colonel. Ce qui se passe, c'est qu'en octobre j'ai l'impression d'avoir des bestioles dans le ventre.

« Ah », fit don Sabas. Il quitta le colonel à la porte de chez lui, une maison neuve à étage, aux fenêtres en fer forgé. Le colonel se dirigea vers la sienne, impatient d'ôter son habit de cérémonie. Il ressortit un moment après pour acheter, à la boutique du coin, une boîte de café ainsi qu'une poignée de maïs à l'intention du coq.

Chapitre II

Le jeudi, bien qu'il eût préféré rester dans son hamac, le colonel s'était occupé du coq. Pendant plusieurs jours, il plut sans arrêt. Au fil de la semaine, la flore de ses viscères parut sur le point d'exploser. Il passa plusieurs nuits de veille, tourmenté par les sifflements pulmonaires de l'asthmatique. Le vendredi après-midi, cependant, octobre lui concéda une trêve. Les compagnons d'Agustin — ouvriers tailleurs eux aussi et, comme lui, fanatiques de combats de coqs — en profitèrent pour examiner l'animal. Il était en forme.

Le colonel revint dans la chambre dès qu'il se fut retrouvé seul dans la maison avec sa femme. Elle avait réagi :

— Qu'est-ce qu'ils en disent, demanda-t-elle.

— Enthousiasmés, l'informa le colonel. Ils économisent tous pour parier sur lui.

— Je ne sais pas ce qu'ils peuvent trouver à un coq aussi cloche, dit la femme. Moi je trouve que c'est un phénomène : il a une tête bien trop petite pour ses pattes.

— Eux disent que c'est le meilleur coq du département, répliqua le colonel. Il vaut dans les cinquante pesos.

Il eut la certitude que cet argument justifiait sa détermination de conserver le coq, héritage du fils tué neuf mois auparavant dans un enclos de combats alors qu'il distribuait clandestinement des tracts. « C'est une illusion qui coûte cher, dit la femme. Quand il n'y aura plus de maïs, il faudra lui donner notre foie à becqueter. » Le colonel prit son temps pour réfléchir tout en cherchant son pantalon de toile dans la penderie.

— C'est une question de mois, dit-il. Maintenant, on est sûr qu'il y aura des combats en janvier. Après quoi on pourra le vendre à meilleur prix.

Le pantalon n'était pas repassé. Sa femme refit les plis avec des fers chauffés sur les plaques du fourneau.

— Qu'est-ce qui te fait ressortir si vite, demanda-t-elle.

— Le courrier.

« J'avais oublié qu'on était vendredi », commenta-t-elle en revenant dans la chambre. Le colonel était rhabillé, mais sans pantalon. Elle considéra ses chaussures.

— Ces chaussures sont bonnes à jeter, dit-elle. Continue de porter tes vernis.

Le colonel en éprouva de la mauvaise humeur.

— On dirait des souliers d'orphelin, protesta-t-il. Chaque fois que je les mets, je me croirais évadé de l'hospice.

— Nous sommes orphelins de notre fils, dit la femme.

Cette fois encore, elle le persuada. Le colonel partit pour le port avant les sirènes des gabares. Il portait ses vernis avec un pantalon blanc sans ceinture et sa chemise sans faux col fermée par le bouton de cuivre. Il contempla les manœuvres des gabares depuis le magasin du Syrien Moïse. Les voyageurs descendirent, tout courbatus après huit heures sans bouger. C'étaient toujours les mêmes : des marchands ambulants et des gens du village partis en voyage la semaine précédente et qui s'en revenaient à leur routine.

La gabare du courrier était la dernière. Fiévreux d'angoisse, le colonel la vit accoster. Il découvrit le sac postal accroché aux tuyauteries de la passerelle, enveloppé dans une toile cirée. Quinze ans d'attente avaient aiguisé son intuition. Tout comme le coq avait aiguisé son anxiété. Dès l'instant où l'employé des postes fut monté sur le pont, eut détaché le sac et l'eut lancé sur son épaule, le colonel ne le perdit plus de vue.

Il le suivit dans la rue parallèle au port, labyrinthe de boutiques et de baraques exhibant des marchandises de toutes couleurs. Chaque fois qu'il le suivait, le colonel éprouvait une forme d'angoisse différente, mais aussi oppressante que la terreur. Au bureau de poste, le médecin attendait les journaux.

— Docteur, ma femme vous fait demander ce qu'on vous a fait pour que vous ne remettiez plus les pieds à la maison, lui dit le colonel.

C'était un homme jeune, le crâne couvert de cheveux bouclés. Il y avait quelque chose d'inouï dans la perfection de ses dents. Il s'enquit de la santé de l'asthmatique. Le colonel lui donna des nouvelles détaillées sans perdre de vue les gestes de l'employé qui répartissait les lettres dans leurs casiers. Sa nonchalance l'exaspérait.

Le médecin reçut son courrier avec un paquet de journaux. Il mit de côté les brochures de publicité médicale, puis parcourut rapidement sa correspondance personnelle. Pendant ce temps, l'employé distribuait le courrier aux destinataires présents. Le colonel regarda le casier correspondant à l'initiale de son nom. Une enveloppe par avion, à liséré bleu, ne fit qu'accroître la tension de ses nerfs.

Le médecin déchira la bande de ses journaux. Il jeta un coup d'œil sur les gros titres tandis que le colonel — le regard rivé sur le casier — attendait que l'employé s'y arrêtât. Mais il ne s'y arrêta pas. Le médecin interrompit la lecture de ses journaux. Il leva les yeux sur le colonel. Puis il les tourna vers l'employé assis devant le tableau du télégraphe, puis à nouveau vers le colonel.

— On s'en va, dit-il.

L'employé ne redressa pas la tête.

— Rien pour le colonel, dit-il.

Le colonel se sentit honteux. Il mentit :

— Je n'attendais rien. — Il tourna vers le médecin un regard tout à fait enfantin. — A moi on n'écrit pas.

Ils s'en retournèrent en silence : le médecin absorbé dans ses journaux, le colonel de sa démarche habituelle, comme s'il revenait sur ses pas en quête d'une pièce de monnaie égarée en chemin. L'après-midi était clair. Les amandiers de la place perdaient leurs dernières feuilles pourrissantes. La nuit commençait à tomber quand ils atteignirent le cabinet de consultation du médecin.

— Quelles sont les nouvelles, demanda le colonel.

Le médecin lui tendit plusieurs journaux.

— On ne sait trop, dit-il. Difficile de lire entre les lignes que la censure laisse passer.

Le colonel lut les gros titres. Les nouvelles internationales. En haut, sur quatre colonnes, un article sur la nationalisation du canal de Suez. La première page était presque entièrement occupée par un faire-part d'enterrement.

— Toujours pas d'espoirs d'élections, dit le colonel.

— Ne soyez pas naïf, colonel, dit le médecin. On est un peu trop grands pour attendre l'arrivée du Messie!

Le colonel voulut lui rendre les journaux mais le médecin s'y opposa.

— Emportez-les chez vous, dit-il. Lisez-les ce soir, vous me les rendrez demain.

Peu après sept heures, les cloches de la censure cinématographique sonnèrent. Le père Angel faisait connaître de cette façon la cote morale des films d'après la liste qu'il recevait tous les mois par courrier. La femme du colonel compta douze coups.

— Formellement à déconseiller, dit-elle. Ça doit faire un an que tous les films sont formellement à déconseiller.

Elle rabattit le voile de la moustiquaire et murmura : « Ce monde est pourri. » Mais le colonel ne se livra à aucun commentaire.

Avant de se coucher, il attacha le coq au pied du lit. Il ferma la maison et fit brûler de l'insecticide dans la chambre. Puis il posa la lampe à même le sol, accrocha son hamac et se coucha pour lire les journaux.

Il les lut par ordre chronologique, de la première à la dernière page, y compris les avis. A onze heures, le clairon sonna le couvre-feu. Le colonel termina sa lecture une demi-heure plus tard; il ouvrit la porte de la cour sur une nuit impénétrable et, agacé par les moustiques, urina contre la balustrade. Sa femme était éveillée quand il revint dans la chambre.

— Ils ne disent rien des anciens combattants, demanda-t-elle.

— Rien, dit le colonel. — Il éteignit la lampe avant de se coucher dans le hamac. — Au début, au moins, ils publiaient la liste des nouveaux pensionnés. Mais ça fait dans les cinq ans qu'ils ne disent plus rien.

Il plut passé minuit. Le colonel trouva le sommeil, mais la douleur dans ses intestins le réveilla peu après. Il entendit un bruit de gouttes quelque part dans la maison. Enroulé jusqu'au cou dans une couverture de laine, il essaya de localiser la fuite dans l'obscurité. Un filet de sueur glacée glissa le long de sa colonne vertébrale. Il avait de la fièvre. Il se sentait flotter dans les cercles concentriques d'un étang de gélatine. Quelqu'un éleva la voix. Le colonel répondit de son lit de camp de révolutionnaire.

— A qui parles-tu, demanda la femme.

— A l'Anglais déguisé en tigre qui fit son apparition au campement du colonel Aureliano Buendia, répondit le colonel. — Il se retourna dans son hamac, brûlant de fièvre. — C'était le duc de Marlborough.

Il se réveilla au petit jour, mal en point. Au second coup de cloche annonçant la messe, il sauta à bas du hamac et tomba dans une réalité trouble, soudain violée par le chant du coq. Sa tête tournait toujours en cercles concentriques. Il ressentit des nausées. Il sortit dans la cour et se dirigea vers les cabinets à travers les bruissements minutieux et les sombres senteurs de l'hiver. A l'intérieur de la baraque au toit de zinc, l'air était suffocant de vapeurs d'ammoniaque montant de la fosse. Quand le colonel souleva le couvercle, une nuée de mouches triangulaires surgit du trou.

Fausse alerte. Accroupi sur la plate-forme de planches mal équarries, il éprouva le malaise né de l'envie insatisfaite. Au besoin pressant fit place une douleur sourde dans le tube digestif. « Aucun doute, murmura-t-il. Il m'arrive toujours la même chose en octobre. » Et il retrouva son attitude d'expectative naïve et confiante jusqu'à ce que les champignons se fussent apaisés dans ses viscères. Il s'en revint alors dans la chambre pour s'occuper du coq.

— Hier, la fièvre t'a fait délirer, dit la femme.

Remise d'une semaine de crise, elle avait commencé à mettre de l'ordre dans la chambre. Le colonel fit effort pour se souvenir.

— Ce n'était pas la fièvre, dit-il. C'était encore ce rêve de toiles d'araignée.

Comme toujours, la femme sortait de crise dans un état de grande excitation. Au cours de la matinée, elle retourna la maison sens dessus dessous. Elle changea toute chose de place, sauf la pendule et le tableau à la nymphe. Elle était si menue et si élastique que lorsqu'elle circulait dans la maison, avec ses savates de velours et sa robe noire intégralement fermée, on lui aurait cru la vertu de passer à travers les murs. Mais avant midi, elle avait recouvré sa densité, son poids humain. Dans son lit, elle était immatérielle. Maintenant, se déplaçant entre les pots de fougères et de bégonias, sa présence débordait la maison. « Si ç'avait fait une année pleine pour Agustin, je me serais mise à chanter », dit-elle tout en retournant dans la marmite où elles bouillaient, coupées en morceaux, toutes les choses mangeables que la terre des tropiques est capable de produire.

— Si tu as envie de chanter, chante, dit le colonel. C'est bon pour la bile.

Le médecin vint après déjeuner. Le colonel et sa femme prenaient le café à la cuisine quand il ouvrit la porte de la rue en lançant :

— Les malades sont morts?

Le colonel se leva pour le recevoir.

— C'est bien ça, docteur, dit-il en se dirigeant vers la grand'salle. J'ai toujours dit que votre montre marchait à l'heure des vautours.

La femme alla dans la chambre se préparer pour la consultation. Le médecin resta dans la grand'salle avec le colonel. Malgré la chaleur, son costume de lin impeccable exhalait un souffle de fraîcheur. Quand la femme annonça qu'elle était prête, le médecin remit au colonel trois feuillets dans une enveloppe. Il dit en pénétrant dans la chambre : « C'est ce que ne disaient pas les journaux d'hier. »

Le colonel le supposait bien. C'était un résumé des dernières nouvelles intérieures ronéotypé pour la diffusion clandestine : des informations sur l'état de la résistance armée dans le pays. Il se sentit accablé. Dix années de ces lectures clandestines ne lui avaient pas encore appris que les nouvelles qu'elles contenaient n'étaient guère plus sensationnelles que celles des mois passés ou à venir. Il avait fini de lire quand le médecin revint dans la grand'salle.

— Cette malade est en meilleure santé que moi, dit-il. Avec un asthme comme celui-ci, je me préparerais à vivre cent ans.

Le colonel le regarda d'un air sombre. Il lui rendit l'enveloppe sans mot dire, mais le médecin la repoussa.

— Faites-la circuler, dit-il à voix basse.

Le colonel glissa l'enveloppe dans la poche de son pantalon. La femme sortit de la chambre en riant : « Un de ces jours, je vais mourir et je vous emmènerai avec moi en enfer, docteur. » Le médecin répondit silencieusement avec tout l'émail stéréotypé de ses dents. Il traîna une chaise jusqu'à la petite table et sortit de sa trousse plusieurs flacons d'échantillons gratuits. La femme poussa jusqu'à la cuisine :

— Attendez que je vous fasse chauffer du café.

— Non, merci beaucoup, dit le médecin en écrivant les doses sur l'ordonnance. Je vous refuse catégoriquement la possibilité de m'empoisonner.

Elle rit depuis la cuisine. Quand il eut fini d'écrire, le médecin lut l'ordonnance à haute voix, car il était conscient que personne ne pouvait déchiffrer son écriture. Le colonel essaya de se concentrer. Revenue de la cuisine, la femme découvrit sur son visage les ravages de la nuit passée.

— Cette nuit, il a eu de la fièvre, dit-elle en parlant de son mari. Pendant au moins deux heures, il a raconté des tas de sornettes sur la guerre civile.

Le colonel sursauta.

— Ce n'était pas la fièvre, insista-t-il en se donnant une attitude. Au reste, le jour où je serai malade, je n'irai me mettre entre les mains de personne. Je me jetterai moi-même à la boîte à ordures.

Il alla dans la chambre chercher les journaux.

— Trop aimable, dit le médecin.

Ils cheminèrent ensemble jusqu'à la place. L'air était sec. Le bitume des rues commençait à fondre sous l'effet de la chaleur. Quand le médecin prit congé, le colonel lui demanda à voix basse, les dents serrées :

— Combien vous doit-on, docteur?

— Rien pour l'instant, dit le médecin, et il lui donna une petite tape sur l'épaule. Je vous enverrai une note bien salée quand le coq aura gagné.

Le colonel prit le chemin de la boutique du

tailleur pour y porter la lettre clandestine aux camarades d'Agustin. C'était son seul refuge depuis que ses compagnons de lutte avaient été tués ou expulsés du village et qu'il y était resté seul, son existence réduite à l'attente du courrier, tous les vendredis.

La chaleur de l'après-midi stimula l'ardeur de la femme. Assise au milieu des bégonias de l'entrée, à côté d'une caisse de lingerie importable, elle opéra encore une fois le sempiternel miracle de tirer des choses nouvelles de rien. D'un pan de chemise et de morceaux de tissu de différentes couleurs, elle fit des cols et des manchettes impeccables. Une cigale installa son crissement dans la cour. Le soleil mûrissait. Mais elle ne le vit pas agoniser sur les bégonias. Elle ne releva la tête qu'à la tombée de la nuit, lorsque le colonel rentra à la maison. Elle se prit alors la nuque à deux mains, fit jouer les articulations de son cou et dit :

— J'ai le cerveau raide comme un piquet.

— Tu l'as toujours eu comme ça, dit le colonel, mais il se prit alors à regarder le corps de sa femme tout recouvert de pièces et de morceaux bariolés. Tu ressembles à une perruche de prestidigitateur.

— Il faut être à moitié prestidigitateur pour t'habiller, dit-elle. — Elle déploya une chemise faite de morceaux de trois couleurs différentes, sauf le col et les poignets qui étaient assortis. — Pour le carnaval, tu n'auras qu'à ôter ta veste.

Le carillon de six heures l'interrompit. « L'ange du Seigneur annonça à Marie », pria-t-elle à voix haute en emportant les frusques dans la chambre. Le colonel discuta avec les enfants venus contempler le coq à la sortie de l'école. Il se souvint alors qu'il ne restait plus de maïs pour le lendemain et il entra dans la chambre pour demander de l'argent à sa femme.

— Je crois bien qu'il ne reste plus que cinquante centimes, dit-elle.

Elle gardait l'argent sous la paillasse du lit, noué dans un mouchoir. C'était le produit de la machine à coudre d'Agustin. Pendant neuf mois, ils avaient dépensé cet argent centime après centime, le répartissant entre leurs propres besoins et les besoins du coq. Il ne restait plus maintenant que deux pièces de vingt centimes et une de dix.

— Achète une livre de maïs, dit la femme. Avec le reste, achète le café pour demain et quatre onces de fromage.

— Et un éléphant doré pour suspendre à la porte, enchaîna le colonel. Le maïs coûte déjà quarante-deux centimes.

Ils réfléchirent un instant. « Le coq est un animal; par conséquent, il peut attendre », dit d'abord la femme. Mais l'expression de son mari l'obligea à réfléchir. Le colonel s'assit sur le lit, les coudes sur les genoux. Il fit sonner les pièces dans le creux de ses mains. « Ça n'est pas pour moi, dit-il au bout d'un moment. Si ça ne dépendait que de moi, ce soir même je ferais un ragoût de coq. Ce doit être bien bon, une indigestion à cinquante pesos. » Il fit une pause pour écraser un moustique sur son cou. Puis il suivit sa femme du regard tout autour de la chambre.

— Ce qui m'ennuie, c'est que ces pauvres garçons sont en train d'économiser.

Sa femme, tout en se mettant à réfléchir, fit un tour complet de la chambre avec la bombe à insecticide. Le colonel découvrit dans son comportement quelque chose d'irréel, comme si elle avait été en train de convoquer et consulter les esprits de la maison. Elle posa enfin la bombe à insecticide sur leur petit autel de lithographies et plongea son regard couleur de miel dans les yeux couleur de miel du colonel.

— Achète le maïs, dit-elle. Dieu sait comment on fera pour s'en sortir.

Chapitre III

« C'est la multiplication des pains », répétait le colonel à chaque fois qu'ils prirent place à table au cours de la semaine suivante. Avec son étonnante habileté pour composer, rassembler et raccommoder, sa femme semblait avoir découvert la clé d'un système d'économie domestique tournant à vide. Octobre prolongeait sa trêve. A l'humidité succéda la torpeur. Réconfortée par le soleil de cuivre, la femme avait consacré trois après-midi à une laborieuse coiffure. « La grand-messe commence », dit le colonel l'après-midi où elle entreprit de démêler ses longues mèches bleues avec un peigne à larges dents. Le second après-midi, assise dans la cour, un drap blanc sur les genoux, elle s'était servie d'un peigne plus fin pour déloger les poux qui avaient proliféré pendant la crise. Pour terminer, elle se lava la tête avec une eau de lavande. Quand ses cheveux furent secs, elle les enroula sur sa nuque en deux chignons maintenus par un peigne. Quant au colonel, il attendait. La nuit, dans son hamac, il se tourmentait pendant des heures sur le sort du coq. Pourtant, le mercredi, ils le pesèrent et il s'avéra en bonne forme.

Ce soir-là, quand les camarades d'Agustin eurent quitté la maison en se livrant à d'allègres calculs sur la victoire du coq, le colonel aussi se sentit en forme. La femme lui coupa les cheveux. « Tu m'as enlevé vingt ans de par là-dessus », dit-il en se palpant la tête à deux mains. La femme pensa que son mari avait raison.

— Quand je me sens bien, je suis capable de ressusciter un mort, dit-elle.

Mais sa conviction dura peu. Il ne restait plus rien à vendre dans la maison, hormis la pendule et le tableau. Le jeudi soir, acculée aux dernières extrémités, la femme fit part de son angoisse face à cette situation.

— Ne t'en fais pas, la consola le colonel. Le courrier arrive demain.

Le lendemain, il attendit les gabares devant le cabinet de consultation du médecin.

— L'avion, voilà quelque chose d'extraordinaire, dit le colonel, les yeux rivés au sac postal. On dit qu'il peut atteindre l'Europe en une nuit.

« C'est vrai », dit le médecin en s'éventant avec une revue illustrée. Le colonel découvrit l'employé des postes parmi un groupe qui attendait la fin de la manœuvre pour sauter à bord. Il sauta le premier. Il reçut du capitaine une enveloppe scellée, puis monta sur la passerelle. Le sac postal était amarré entre deux barriques de pétrole.

— Mais il doit y avoir des risques, dit le colonel. — Il perdit de vue l'employé des postes, mais le retrouva bientôt entre les flacons de couleur de la voiturette du marchand de rafraîchissements. — L'humanité ne progresse pas gratis.

— Actuellement, c'est plus sûr qu'une gabare, dit le médecin. A vingt mille pieds, on vole au-dessus des tempêtes.

— Vingt mille pieds, répéta le colonel, perplexe, sans bien saisir ce que représentait le chiffre.

Le médecin montrait de l'intérêt pour le sujet. Des deux mains il déploya la revue jusqu'à lui conférer une immobilité complète.

— Stabilité à toute épreuve, dit-il.

Mais le colonel était absorbé par les allées et venues de l'employé des postes. Il le vit consommer une sorte d'écume rosée en tenant

son verre de la main gauche. La droite tenait
le sac postal.

— Avec ça, en mer, il y a des bateaux
ancrés en contact permanent avec les avions
de nuit, poursuivit le médecin. Avec autant de
précautions, c'est plus sûr qu'une gabare.

Le colonel le considéra.

— Naturellement, dit-il. Ça doit être
comme les tapis volants.

L'employé des postes alla directement à
eux. Le colonel en éprouva une incoercible
angoisse et recula à l'idée de devoir déchiffrer
le nom écrit sur l'enveloppe cachetée. L'employé ouvrit son sac. Il remit au médecin son
paquet de journaux. Puis il déchira la
grande enveloppe contenant la correspondance privée, vérifia l'exactitude du bor-
dereau d'envoi et lut sur les lettres les
noms des destinataires. Le médecin ouvrit ses
journaux.

— Toujours le problème de Suez, dit-il en
parcourant les gros titres. L'Occident perd du
terrain.

Le colonel ne lut pas les titres. Il fit effort
pour réagir contre son estomac. « Depuis qu'il
y a la censure, les journaux ne parlent plus que
de l'Europe, dit-il. Le mieux, ce serait que les
Européens s'en viennent par ici et que nous,
nous partions pour l'Europe. Comme ça, tout

le monde saurait ce qui se passe dans son propre pays. »

— Pour les Européens, l'Amérique du Sud, c'est un type à moustaches avec guitare et revolver, dit le médecin en riant dans son journal. Ils ne comprennent rien à la question.

L'employé lui remit son courrier. Il jeta le reste dans le sac, qu'il referma. Le médecin s'apprêtait à lire deux lettres personnelles, mais avant de les décacheter, il tourna son regard vers le colonel. Puis vers l'employé.

— Rien pour le colonel?

Le colonel fut saisi de terreur. L'employé balança le sac sur son épaule, descendit du quai et répondit sans détourner la tête :

— Pas de lettre pour le colonel.

Contrairement à son habitude, le colonel ne s'en revint pas directement chez lui. Il prit un café dans l'échoppe du tailleur tandis que les camarades d'Agustin feuilletaient les journaux. Il se sentait floué. Il aurait préféré rester là jusqu'au vendredi suivant plutôt que de se présenter ce soir-là devant sa femme les mains vides. Mais quand vint l'heure de fermer la boutique, il lui fallut bien affronter la réalité. La femme l'attendait.

— Rien, dit-elle.

— Rien, répondit le colonel.

Le vendredi suivant, le colonel retourna au

quai. Et, comme tous les vendredis, il revint sans la lettre. « On a assez attendu, lui dit sa femme ce soir-là. Il faut avoir ta patience de bœuf pour attendre une lettre pendant quinze ans. » Le colonel s'installa dans son hamac pour lire les journaux.

— Il faut attendre son tour, dit-il. On a le numéro 1 823.

— Depuis qu'on l'attend, ce numéro-là, il est déjà sorti deux fois à la loterie, répliqua la femme.

Le colonel lut les journaux comme à l'accoutumée, de la première à la dernière page, y compris les avis. Mais, cette fois-là, il ne put se concentrer. Tout en lisant, il pensa à sa retraite d'ancien combattant. Dix-neuf ans auparavant, lors de la promulgation de la loi, il avait entrepris de justifier son droit à en bénéficier. L'opération avait duré huit ans. Ensuite il lui avait fallu encore six ans pour obtenir son inscription sur la liste d'attente des futurs pensionnés. Ce fut la dernière lettre que le colonel reçut.

Il en eut terminé après le couvre-feu. Au moment où il allait éteindre la lampe, il se rendit compte que sa femme était éveillée.

— Tu l'as encore, la coupure?

La femme réfléchit.

— Oui. Elle doit être avec les autres papiers.

Elle sortit de la moustiquaire et tira de l'armoire un coffret de bois contenant une liasse de lettres classées par date, serrées dans un élastique. Elle retrouva l'annonce d'un cabinet d'avocats qui s'engageait à obtenir rapidement le versement de leur retraite d'anciens combattants aux ayants droit.

— Depuis le temps que j'essaie de te décider à changer d'avocat, on aurait déjà pu se permettre de dépenser tout l'argent, dit la femme en tendant à son mari la coupure de journal. Qu'est-ce qu'on en aura tiré si on nous le met dans le cercueil, comme chez les Indiens.

Le colonel lut l'entrefilet, daté de deux ans auparavant. Puis il le glissa dans la poche de sa chemise accrochée derrière la porte.

— Le malheur, c'est que pour changer d'avocat, il faut de l'argent.

— Pas du tout, décréta la femme. Tu n'as qu'à leur écrire en disant qu'ils se payent comme il faut sur la pension quand ils l'auront touchée. C'est le seul moyen de les intéresser à une affaire.

C'est ainsi que le samedi après-midi, le colonel rendit visite à son avocat. Il le trouva vautré dans un hamac. C'était un Noir monumental auquel il ne restait plus que deux canines à la mâchoire supérieure. Il glissa ses pieds dans des savates à semelles de bois et ouvrit les fenêtres du bureau au-dessus d'un piano mécanique empoussiéré, bourré de paperasses dans les espaces réservés aux rouleaux : des coupures du *Journal officiel* collées sur de vieux livres de comptes et une collection dépareillée d'annuaires statistiques. Les touches disparues, le piano servait en même temps d'écritoire. Le colonel fit état de ses inquiétudes avant de dévoiler l'objet de sa visite.

« Je vous avais prévenu que la chose ne se ferait pas du jour au lendemain », dit l'avocat en profitant d'une pause du colonel. Il était écrasé par la chaleur. Il fit grincer les ressorts de son fauteuil et s'éventa avec un calendrier publicitaire.

— Mes correspondants m'écrivent souvent pour me dire qu'il ne faut pas désespérer.

— C'est ce qu'ils disaient déjà il y a quinze ans, répliqua le colonel. Ça commence à ressembler à l'histoire du coq qui était chapon.

L'avocat se lança dans une description très graphique des labyrinthes administratifs. Le fauteuil était trop étroit pour ses fesses automnales. « Il y a quinze ans, c'était plus facile, dit-il. A ce moment-là, il y avait une amicale des anciens combattants de la munici-

palité composée d'adhérents des deux partis. »
Il gonfla ses poumons d'air brûlant et proféra
le proverbe comme s'il venait de l'inventer :

— L'union fait la force.

— Dans ce cas précis, elle ne l'a pas faite,
dit le colonel en mesurant pour la première
fois l'étendue de sa solitude. Tous mes camarades sont morts dans l'attente du courrier.

L'avocat ne s'émut pas.

— La loi a été promulguée trop tard, dit-il.
Tout le monde n'a pas eu votre chance d'être
colonel à vingt ans. De plus, aucun collectif
spécial n'a été prévu, si bien que le gouvernement a dû effectuer des prélèvements sur le
budget.

C'était toujours la même histoire. Chaque
fois qu'il l'entendait, le colonel éprouvait un
sourd ressentiment. « On ne demande pas l'aumône, dit-il. Il ne s'agit pas de nous faire une
faveur. Nous nous sommes fait crever la peau
pour sauver la République, nous. » L'avocat
écarta les bras.

— C'est la vie, colonel, dit-il. L'ingratitude
humaine est sans bornes.

Le colonel connaissait aussi cette chan-
son-là. Il avait commencé à l'entendre dès le
lendemain du traité de Neerlandia, lorsque le
gouvernement avait promis des facilités de
voyage et des indemnisations à deux cents

officiers de la révolution. Dans un campement installé autour du gigantesque ceiba de Neerlandia [1], un bataillon de révolutionnaires composé en grande partie d'adolescents enfuis de l'école avait attendu pendant trois mois. Ils étaient alors rentrés chez eux par leurs propres moyens et, une fois là, ils avaient continué d'attendre. Près de soixante ans plus tard, le colonel attendait toujours.

Porté par le souvenir, il se composa une attitude transcendantale. Il plaqua la paume de sa main droite sur son genou — rien que des os ficelés de fibres nerveuses — et murmura :

— J'ai donc pris une décision.

L'avocat resta interdit.

— C'est-à-dire?

— Je change d'avocat.

Une cane suivie de plusieurs canetons jaunes fit irruption dans le bureau. L'avocat

---

1. Le ceiba est un arbre tropical de la famille du baobab. De nombreux villages colombiens se sont édifiés autour de tels arbres. *Neerlandia* est le nom du navire hollandais sur lequel fut signé le traité mettant fin à la longue guerre civile qui opposa en Colombie, à la fin du siècle dernier, les fédéralistes libéraux aux centralistes conservateurs, et qui s'acheva par la victoire de ces derniers. L'auteur a opéré ici une transposition, situant dans un village le lieu du traité en lui donnant le nom du navire sous lequel il est resté connu. *(N. d. T.)*

se leva pour les chasser. « Comme vous voudrez, colonel, dit-il en effrayant les bestioles. Ce sera comme vous voudrez. Si je pouvais faire des miracles, je ne vivrais pas au milieu de cette basse-cour. » Il coinça un cageot contre la porte de la cour et réintégra son fauteuil.

— Mon fils a passé son existence à travailler, dit le colonel. Ma maison est hypothéquée. La loi sur les pensions a servi une rente à vie aux avocats.

— Pas à moi, protesta l'avocat. Nous avons dépensé jusqu'au dernier centime pour hâter l'affaire.

Le colonel souffrit à l'idée de s'être montré injuste.

— C'est ce que je voulais dire, corrigea-t-il. — Il se sécha le front avec la manche de sa chemise. — Avec cette chaleur, on s'oxyde les jointures de la tête.

L'instant d'après, l'avocat mettait le bureau sens dessus dessous en quête du pouvoir que lui avait laissé le colonel. Le soleil progressa jusqu'au centre de la pièce presque vide édifiée en planches mal équarries. L'avocat chercha en vain dans tout le bureau. Au bord de l'étouffement, il se mit à quatre pattes et parvint à atteindre un rouleau de papiers sous le piano mécanique.

— Le voici.

Il tendit au colonel une feuille de papier timbré. « Je vais devoir écrire à mes correspondants pour qu'ils annulent les copies », conclut-il. Le colonel secoua la poussière et glissa le feuillet dans la poche de sa chemise.

— Déchirez-le vous-même, dit l'avocat.

« Non, dit le colonel. Ce sont vingt ans de souvenirs. » Et il attendit que l'avocat poursuivît ses recherches. Mais celui-ci n'en fit rien. Il alla jusqu'à son hamac faire sécher sa sueur. De là, il considéra le colonel à travers la lourde réverbération.

— Il me faut aussi les documents, dit le colonel.

— Lesquels?

— Les justificatifs.

L'avocat écarta les bras.

— Mais c'est complètement impossible, colonel.

Le colonel s'alarma. Comme trésorier de la révolution pour la circonscription de Macondo, il avait accompli un pénible voyage de six jours avec les fonds de la guerre civile dans deux malles arrimées sur le dos d'une mule. Il était arrivé au camp de Neerlandia, traînant la mule morte de faim, une demi-heure avant la signature du traité. Le colonel Aureliano Buendia — intendant général des forces révolutionnaires sur le littoral atlantique — avait remis le reçu de ces fonds et inclus les deux malles dans l'inventaire de la reddition.

— Ce sont des documents d'une valeur inestimable, dit le colonel. Il y a un reçu écrit de la main du colonel Aureliano Buendia.

— J'en conviens, dit l'avocat. Mais ces documents sont passés par des milliers et des milliers de mains dans des milliers et des milliers de bureaux pour arriver à je ne sais quel département du ministère de la Guerre.

— Des documents de ce genre ne peuvent passer inaperçus d'aucun fonctionnaire, dit le colonel.

— Mais, ces quinze dernières années, les fonctionnaires ont changé trente-six fois, précisa l'avocat. Pensez donc qu'il y a eu sept présidents et que chaque président a changé au moins dix fois de gouvernement et que chaque ministre a changé de cabinet pour le moins cent fois.

— Mais personne n'a pu emporter ces documents chez lui, dit le colonel. Chaque nouveau fonctionnaire a dû les retrouver à leur place.

L'avocat se désespéra.

— En plus de ça, si ces documents sortent maintenant du ministère, ils devront reparcourir le chemin inverse.

— Aucune importance, dit le colonel.

— Ce sera une affaire de siècles.

— Aucune importance. Qui attend le plus attend le moins.

Chapitre IV

Il installa sur la petite table de la grand'
salle un bloc de papier rayé, le porte-plume,
l'encrier et une feuille de buvard, et laissa la
porte de la chambre ouverte pour le cas où il
aurait à consulter sa femme sur quelque point.
Elle égrenait son rosaire.

— Quel jour est-on aujourd'hui?

— Le 27 octobre.

Il se mit à écrire dans une posture appli-
quée : la main tenant le porte-plume posée sur
le buvard, la colonne vertébrale bien droite
pour faciliter la respiration, comme on le lui
avait appris à l'école. La chaleur se fit
insupportable dans la pièce close. Une goutte
de sueur tomba sur la lettre. Le colonel
l'absorba avec le buvard. Il essaya ensuite de
gratter les mots dilués, mais ne parvint qu'à
faire une tache. Il ne se désespéra pas. Il
marqua un renvoi et nota dans la marge :

« droits acquis ». Puis il relut tout le paragra-
phe.

— Quel jour m'ont-ils inscrit sur la liste?

La femme n'interrompit pas sa prière pour
réfléchir.

— Le 12 août 1949.

Peu après, il se mit à pleuvoir. Le colonel
remplit une feuille de longs jambages un
peu enfantins, les mêmes que ceux qu'on lui
avait appris à former à l'école publique de
Manaure, puis encore une seconde page jusqu'à la moitié, et il signa.

Il lut la lettre à sa femme. Elle approuva de
la tête à chaque phrase. Sa lecture terminée, le
colonel ferma l'enveloppe et éteignit la lampe.

— Tu peux demander à quelqu'un de te la
taper à la machine.

— Non, répondit le colonel. Je suis fatigué
de demander toujours des faveurs.

Pendant une demi-heure, il sentit la pluie
frapper les palmes du toit. Le village se
délayait dans le déluge. Après le couvre-feu, la
fuite recommença quelque part dans la maison.

— On aurait dû le faire depuis longtemps,
dit la femme. C'est toujours mieux de s'entendre directement.

— Il n'est jamais trop tard, dit le colonel,
attentif à la fuite d'eau. Tout pourra peut-être

s'arranger avant l'échéance de l'hypothèque.

— Il ne reste plus que deux ans, dit la femme.

Le colonel alluma la lampe et localisa la fuite dans la grand'salle. Il posa dessous la gamelle du coq et s'en retourna dans la chambre, poursuivi par le son métallique de l'eau au fond du récipient vide.

— Avec de l'argent à gagner, peut-être qu'ils arrangeront tout avant janvier, dit-il en se convainquant lui-même. A ce moment-là, ça fera une année pleine pour Agustin et nous pourrons aller au cinéma.

Elle rit à part elle. « Je ne me rappelle même plus comment ça fait sur les images », dit-elle. Le colonel essaya de la distinguer à travers la moustiquaire.

— Quand y as-tu été pour la dernière fois?

— En 1931, dit-elle. On donnait *la Volonté du mort*.

— Il y avait de la bagarre?

— On n'a jamais su. L'averse est tombée alors que le fantôme essayait de voler le collier de la fille.

La rumeur de la pluie les endormit. Le colonel ressentit un léger malaise dans ses intestins. Mais il ne s'en alarma guère. Il était sur le point de survivre à un nouvel octobre. Il s'enveloppa dans la couverture de laine et,

pendant un court instant, il entendit la respiration caillouteuse de la femme — lointaine —
naviguant dans un autre rêve. Alors il se mit à
parler, parfaitement conscient.

La femme se réveilla.

— A qui parles-tu?

— A personne, dit le colonel. J'étais en
train de penser qu'à la réunion de Macondo,
nous avions eu raison de dire au colonel
Aureliano Buendia de ne pas se rendre. C'est
ce qui a perdu tout le monde.

Il plut toute la semaine. Le deux novembre
— contre la volonté du colonel — la femme
alla déposer des fleurs sur la tombe d'Agustin.
Elle s'en revint du cimetière avec une nouvelle
crise. Ce fut une semaine dure, plus dure que
les quatre semaines d'octobre auxquelles le
colonel n'avait pas cru survivre. Le médecin
vint visiter la malade et s'écria en sortant de la
pièce : « Avec un asthme comme celui-là, je
serais bon pour enterrer tout le village. » Mais
il s'entretint seul à seul avec le colonel et
prescrivit un régime spécial.

Le colonel aussi souffrit d'une rechute. Il
agonisa des heures durant dans les cabinets,
suant de la glace et sentant l'efflorescence de
ses viscères pourrir et tomber en loques. « C'est
l'hiver, se répétait-il sans désespérer. Tout
sera différent quand il aura fini de pleuvoir. »

Et il le croyait pour de bon, sûr d'être en vie pour le jour où la lettre arriverait.

Cette fois, ce fut son tour de rafistoler l'économie domestique. Il lui fallut souvent serrer les dents pour demander crédit dans les boutiques voisines. « Jusqu'à la semaine prochaine », disait-il sans être lui-même très sûr d'en être certain. « C'est un peu d'argent qui aurait dû m'arriver vendredi. » Quand la femme sortit de sa crise, elle le reconnut avec stupeur.

— Il ne te reste plus que la peau sur les os, dit-elle.

— Je prends soin de moi pour trouver preneur, dit le colonel. Une fabrique de clarinettes a déjà passé commande.

Mais, en réalité, l'espoir de recevoir la lettre le soutenait encore à peine. Épuisé, les os moulus par les veilles, il ne pouvait subvenir en même temps à leurs besoins et à ceux du coq. Au cours de la seconde quinzaine de novembre, il crut que l'animal allait mourir après deux jours sans maïs. Le colonel se souvint alors d'une poignée de haricots en cosses qu'il avait suspendue au-dessus du four en juillet. Il les écossa et déposa devant le coq une gamelle de grains secs. La femme comprit.

— Viens ici, dit-elle.

— Une seconde, répondit le colonel en

observant la réaction du coq. A bonne faim, bon pain.

Il trouva sa femme qui essayait de se redresser sur son lit. Le corps délabré exhalait une odeur d'herbes médicinales. Elle prononça ses mots un à un, avec une précision calculée.

— Débarrasse-toi immédiatement de ce coq.

Le colonel avait prévu cet instant. Il l'attendait depuis cet après-midi où on avait tiré à bout portant sur son fils et où il avait décidé de garder le coq. Il avait eu tout le temps d'y penser.

— Ça ne vaut plus la peine, dit-il. Dans trois mois, la saison des combats va commencer, alors on pourra le vendre à meilleur prix.

— Ce n'est pas une question d'argent, dit la femme. Quand les garçons reviendront, dis-leur de l'emporter et d'en faire ce qu'ils voudront.

Le colonel avança l'argument qu'il avait préparé :

— C'est pour Agustin. Imagine-toi la tête qu'il aurait faite en venant nous annoncer la victoire du coq.

La femme pensa effectivement à son fils.

— Ce sont ces maudits coqs qui l'ont perdu, cria-t-elle. Si, le 3 janvier, il était resté à la

maison, le mauvais sort ne l'aurait pas surpris. »

Elle pointa vers la porte un index décharné
et s'exclama :

— Je le vois encore, quand il est parti avec
le coq sous le bras. Je l'avais averti qu'il n'aille
pas chercher un mauvais sort dans les enclos, il
m'a montré les dents et m'a dit : « Tais-toi
donc, ce soir on va être pourris d'argent. »

Elle n'en pouvait plus. Le colonel la fit
doucement retomber sur l'oreiller. Ses yeux
heurtèrent d'autres yeux exactement semblables aux siens. « Essaie de ne pas bouger »,
dit-il en sentant les sifflements dans ses
propres poumons. La femme sombra dans une
torpeur momentanée. Elle ferma les yeux.
Quand elle les rouvrit, sa respiration paraissait plus reposée.

— C'est à cause de notre situation, dit-elle.
C'est un péché que de nous ôter le pain de la
bouche pour le jeter à un coq.

Le colonel lui épongea le front avec le drap.

— Personne ne meurt en trois mois.

— Et pendant ce temps, qu'est-ce qu'on va
manger, demanda la femme.

— Je ne sais pas, dit le colonel. Mais si on
avait dû mourir de faim, on serait déjà
morts.

Le coq était bien vivant devant la gamelle

vide. Quand il aperçut le colonel, il émit un monologue guttural, presque humain, en rejetant la tête en arrière. Le colonel lui adressa un sourire de complicité.

— La vie est dure, camarade.

Il sortit dans la rue. Il erra dans le village assoupi par la sieste, sans penser à rien, sans même chercher à se convaincre que son problème n'avait pas de solution. Il marcha par des rues oubliées jusqu'à ce qu'il se sentît épuisé. Il s'en retourna alors chez lui. Sa femme l'entendit entrer et l'appela dans la chambre.

— Quoi?

Elle répondit sans le regarder :

— On pourrait vendre la pendule.

Le colonel y avait pensé.

— Je suis sûre qu'Alvaro t'en donnerait tout de suite quarante pesos, dit-elle. Rappelle-toi comme il nous a acheté sans difficultés la machine à coudre.

— Je peux lui en parler demain, admit le colonel.

— Pas question de remettre à demain, précisa-t-elle. C'est maintenant que tu lui portes la pendule, tu la lui poses sur la table et tu lui dis : « Alvaro, je vous apporte cette pendule pour que vous me l'achetiez. » Il comprendra tout de suite.

Le colonel se sentit bien malheureux.

— C'est comme si je devais aller promener le Saint-Sacrement, protesta-t-il. Si on me voit dans la rue avec ce bazar, tout le village va me rire aux trousses.

Mais, cette fois encore, sa femme le persuada. Elle décrocha elle-même la pendule, l'enveloppa dans de vieux journaux et la lui mit entre les mains. « Ne reviens pas sans les quarante pesos », dit-elle. Le colonel partit pour l'échoppe du tailleur avec le paquet sous le bras. Il trouva les compagnons d'Agustin assis devant la porte.

L'un d'eux lui offrit un siège. Le colonel n'avait plus sa tête à lui. « Merci, dit-il. Je ne fais que passer. » Alvaro sortit de la boutique. Il suspendit une pièce de tissu humide sur un fil de fer tendu entre deux piquets. C'était un homme jeune aux angles durs, aux yeux hallucinés. Lui aussi l'invita à s'asseoir. Le colonel s'en trouva réconforté. Il tourna le tabouret contre le chambranle de la porte et s'assit, attendant d'être seul avec Alvaro pour lui proposer le marché. Il se rendit soudain compte qu'il était entouré de visages hermétiques.

— Je ne vous interromps pas, dit-il.

Ils protestèrent. L'un d'eux se pencha vers lui et dit d'une voix à peine audible :

— Agustin a écrit.

Le colonel scruta la rue déserte.

— Qu'est-ce qu'il dit?

— Toujours la même chose.

Ils lui tendirent la feuille clandestine. Le colonel la glissa dans la poche de son pantalon. Puis il resta silencieux, pianotant sur son paquet; il finit par se rendre compte qu'on le regardait faire. Il resta pétrifié.

— Qu'est-ce que vous avez là, colonel?

— Rien, mentit le colonel en esquivant les yeux verts, pénétrants, de Germán. J'apporte la pendule chez l'Allemand pour qu'il me la répare.

— Ne faites pas cette bêtise, colonel, dit Germán en essayant de s'emparer du paquet. Attendez que je l'examine.

Le colonel résista. Il ne dit rien, mais ses paupières se plombèrent. Les autres insistè-rent :

— Laissez, colonel. Il en connaît un bout en mécanique.

— C'est que je ne veux pas vous déranger.

— Déranger, en quoi déranger! dit Ger-mán. — Il prit la pendule. — L'Allemand vous extorquera dix pesos et vous la laissera comme devant.

Il entra dans la boutique avec la pendule. Alvaro cousait à la machine. Au fond, sous une guitare accrochée à un clou, une jeune fille fixait des boutons. Il y avait un écriteau cloué sur la guitare : « Défense de parler politique. » Le colonel sentit son corps s'alourdir. Il reposa ses pieds sur le barreau du tabouret.

— Merde, colonel.

Il sursauta. « Pas de gros mots », dit-il.

Alfonso ajusta ses lunettes pour mieux examiner les vernis du colonel.

— C'est pour les chaussures, dit Alfonso. Vous êtes en train d'étrenner une de ces paires de godasses!

— Ça peut se dire sans gros mots, dit le colonel, et il exhiba les semelles de ses vernis. Ces monstres-là ont quarante ans et c'est la première fois qu'ils entendent un gros mot.

« Ça y est », cria Germán de l'intérieur au moment où le carillon de la pendule se déclenchait. De la maison voisine, une femme cogna contre le mur mitoyen en criant :

— Vous allez laisser cette guitare, que ça ne fait pas encore un an pour Agustin!

Ils éclatèrent de rire.

— C'est une pendule!

Germán sortit avec le paquet.

— Ce n'était rien, dit-il. Si vous voulez, je vous raccompagne chez vous pour vous l'installer de niveau.

Le colonel refusa.

— Je te dois combien?

— Ne vous en faites pas, colonel, répondit Germán en reprenant sa place parmi le groupe. Le coq paiera en janvier.

Le colonel trouva alors l'occasion recherchée.

— Je te propose quelque chose, dit-il.

— Quoi donc?

— Je te fais cadeau du coq. — Il regarda un à un les visages autour de lui. — Je vous fais cadeau du coq à vous tous.

Germán le contempla, perplexe.

« Je suis maintenant trop vieux pour ça », poursuivit le colonel. Il imprima à sa voix une sévérité convaincante. « C'est trop de responsabilité pour moi. Depuis quelques jours, j'ai l'impression que cet animal est en train de mourir. »

— Ne vous en faites pas, colonel, dit Alfonso. C'est parce qu'il est en train de s'emplumer. C'est l'époque. Il a de la fièvre dans les tuyaux.

— Le mois prochain, il ira bien, confirma Germán.

— De toute façon, je n'en veux plus, dit le colonel.

Germán le fixa de ses pupilles pénétrantes.

— Voyez les choses comme elles sont,

colonel, insista-t-il. Ce qui est important, c'est que ce soit vous qui lâchiez le coq d'Agustin dans l'enclos.

C'était bien l'idée du colonel. « Je sais, dit-il. C'est pour ça que je l'ai gardé jusqu'à présent. » Il serra les dents et se sentit des forces pour aller plus loin.

— Ce qu'il y a, c'est qu'il reste encore trois mois.

Ce fut Germán qui comprit.

— Si ce n'est que ça, il n'y a pas de problème, dit-il.

Il exposa sa solution. Les autres acceptèrent. A la tombée de la nuit, quand il rentra avec son paquet sous le bras, sa femme éprouva bien de la déception.

— Rien, demanda-t-elle.

— Rien, dit le colonel. Mais ça n'a plus d'importance. Les gars se chargent de nourrir le coq.

Chapitre V

— Attendez que je vous prête un parapluie, *compadre.*

Don Sabas ouvrit un placard sur un amoncellement de bottes de cavalier, d'étriers, de courroies, avec un seau en aluminium rempli d'éperons. Accrochés au-dessus, une demi-douzaine de parapluies et une ombrelle de femme. Le colonel songea aux reliquats de quelque catastrophe.

« Merci, *compadre,* dit-il, accoudé à la fenêtre. Je préfère attendre qu'il s'arrête de pleuvoir. » Don Sabas laissa l'armoire ouverte. Il s'installa à son bureau, dans le champ du ventilateur électrique. Puis il tira du tiroir une seringue hypodermique enveloppée dans du coton. Le colonel contempla les amandiers couleur de plomb à travers la pluie. L'après-midi était désert.

— La pluie est différente, de cette fenêtre,

dit-il. C'est comme s'il pleuvait sur un autre village.

— D'où qu'on la regarde, la pluie reste la pluie, répliqua don Sabas. — Il plongea la seringue dans la bouilloire posée sur la plaque de verre du bureau. — Et ce village n'est qu'un village de merde.

Le colonel haussa les épaules. Il pénétra plus avant dans le bureau, une grande pièce au carrelage vert avec des meubles recouverts d'étoffes de couleurs vives. Au fond, les uns sur les autres, des sacs de sel, des outres de miel, des selles de cheval s'entassaient pêle-mêle. Don Sabas le suivit avec un regard complètement vide.

— Moi, à votre place, je ne penserais pas la même chose, dit le colonel.

Il s'assit en croisant les jambes, posant un regard tranquille sur l'homme penché à son bureau. C'était un homme de petite taille, volumineux mais aux chairs flasques, avec une tristesse de crapaud dans les yeux.

— Vous devriez voir le médecin, *compadre,* dit don Sabas. Vous avez l'air un peu funèbre depuis le jour de l'enterrement.

Le colonel releva la tête.

— Je me sens tout à fait bien, dit-il.

Don Sabas attendit que la seringue se mît à bouillir. « Si je pouvais en dire autant, se lamenta-t-il. Vous avez bien de la chance, vous êtes de ceux qui pourraient avaler même un étrier. » Il contempla le dos poilu de ses mains constellées de grains de beauté foncés. Il portait une bague à pierre noire au-dessus de son alliance.

— C'est comme ça, admit le colonel.

Don Sabas héla sa femme par la porte de communication entre le bureau et le reste de la maison. Puis il se lança dans une douloureuse explication sur son régime alimentaire. Il tira un petit flacon de la poche de sa chemise et posa sur le bureau une pastille blanche de la grosseur d'un haricot.

— C'est un martyre de devoir se promener partout avec ça, dit-il. C'est comme si on trimbalait la mort dans sa poche.

Le colonel s'approcha du bureau. Il examina le cachet dans le creux de sa main jusqu'à ce que don Sabas l'eût invité à y goûter.

— C'est pour mettre dans le café, lui expliqua-t-il. C'est du sucre, mais sans sucre.

— En effet, dit le colonel, la salive imprégnée d'une saveur tristement douceâtre. C'est comme si on carillonnait mais sans cloches.

Quand sa femme lui eut fait sa piqûre, don Sabas s'accouda au bureau, la tête entre les mains. Le colonel ne sut que faire de son corps. La femme débrancha le ventilateur, le posa sur le coffre-fort puis se dirigea vers le placard mural.

— Les parapluies ont quelque chose à voir avec la mort, dit-elle.

Le colonel ne lui prêta pas attention. Il était sorti de chez lui à quatre heures pour attendre le courrier, mais la pluie l'avait contraint à se réfugier dans le bureau de don Sabas. Il pleuvait encore quand les gabares firent entendre leurs sirènes.

« Tout le monde dit que la mort est une femme », continua la femme. Elle était corpulente, plus grande que son mari, avec une verrue poilue à la lèvre supérieure. Sa manière de parler faisait penser au bourdonnement du ventilateur. « Mais moi, je ne crois pas que ce soit une femme », dit-elle. Elle referma le placard et se retourna pour consulter le regard du colonel.

— Je crois que c'est un animal à sabots.

— Possible, admit le colonel. Il arrive parfois des choses bien extraordinaires.

Il pensa à l'employé des postes sautant à bord de la gabare dans son ciré. Un mois s'était écoulé depuis qu'il avait changé d'avocat. Il avait bien droit à une réponse. La femme de don Sabas continuait de parler de la mort quand elle remarqua soudain l'air absent du colonel.

— *Compadre*, dit-elle, vous devez avoir des soucis.

Le colonel redescendit sur terre. Il mentit :

— Comme vous dites, *comadre*. Je pensais qu'il est déjà cinq heures et que le coq n'a pas eu sa piqûre.

Elle resta interdite.

— Une piqûre pour un coq, comme si c'était un être humain! s'écria-t-elle. C'est un sacrilège.

Don Sabas ne put en supporter davantage. Il leva un visage congestionné.

— Tu la fermes une minute, ordonna-t-il à sa femme. — Elle se boucha effectivement la bouche avec les mains. — Ça fait une demi-heure que tu assommes mon *compadre* avec tes calembredaines.

— Mais pas du tout, protesta le colonel.

La femme claqua la porte. Don Sabas s'épongea le cou avec un mouchoir imbibé de lavande. Le colonel s'approcha de la fenêtre. Il pleuvait implacablement. Une poule à longues pattes jaunes traversait la place déserte.

— C'est vrai qu'ils piquent le coq?

— C'est vrai, dit le colonel. L'entraînement commence la semaine prochaine.

— C'est bien risqué, dit don Sabas. Vous n'êtes pas fait pour ça.

— Peut-être, dit le colonel. Mais ce n'est pas une raison pour lui tordre le cou.

« C'est idiot de s'entêter », dit don Sabas en se dirigeant vers la fenêtre. Le colonel perçut une respiration de forge. Les yeux de son *compadre* lui faisaient pitié.

— Suivez mon conseil, *compadre*, dit don Sabas. Vendez le coq avant qu'il ne soit trop tard.

— Il n'est jamais trop tard pour rien, dit le colonel.

— Ne soyez pas déraisonnable, insista don Sabas. Vous ferez d'une pierre deux coups. D'un côté, ça vous ôtera cette source de migraines, de l'autre ça vous mettra neuf cents pesos dans la poche.

— Neuf cents pesos! s'exclama le colonel.

— Neuf cents pesos.

Le colonel mesura ce que représentait un tel chiffre.

— Vous croyez qu'on donnerait tout cet argent pour le coq?

— Ce n'est pas que je le crois, répondit don Sabas. C'est que j'en suis absolument sûr.

C'était le plus gros chiffre à avoir traversé la tête du colonel depuis qu'il avait restitué les fonds de la révolution. Quand il sortit du bureau de don Sabas, il sentit tout son ventre se tordre avec violence, mais, cette fois, ce n'était pas à cause du temps. Au bureau de poste, il alla droit vers l'employé.

— J'attends un pli urgent, dit-il. Par avion.

L'employé chercha dans les casiers étiquetés. Quand il eut fini de déchiffrer les adresses, il replaça les lettres dans leurs casiers respectifs, sans mot dire. Il se frotta les paumes des mains en décochant au colonel un regard significatif.

— Elle devait arriver sans faute aujourd'hui, dit le colonel.

L'employé haussa les épaules.

— La seule chose qui arrive sans faute, colonel, c'est la mort.

Sa femme le reçut avec une assiette de semoule de maïs. Le colonel la mangea en silence, avec de longues pauses, pour réfléchir entre chaque cuillerée. Assise en face de lui, la femme eut l'impression que quelque chose avait changé dans la maison.

— Qu'est-ce que tu as, demanda-t-elle.

— Je suis en train de penser au fonctionnaire de qui dépend la pension, mentit le colonel. Dans cinquante ans, nous serons bien tranquilles sous terre alors que ce pauvre type agonisera tous les vendredis dans l'attente de la sienne.

« Mauvais signe, dit la femme. Ça veut dire que tu commences à te résigner. » Elle continua à absorber sa semoule. Mais elle se rendit bientôt compte que son mari était toujours dans les nuages.

— Pour le moment, tu devrais plutôt penser à manger ta semoule.

— Elle est très bonne, dit le colonel. D'où vient-elle?

— Du coq, répondit la femme. Les camarades d'Agustin lui ont apporté tellement de maïs qu'il a décidé de le partager avec nous. C'est la vie.

— Comme tu dis, soupira le colonel. La vie est bien la meilleure chose qu'on ait inventée.

Il contempla le coq attaché à un pied du fourneau et, cette fois, il lui sembla que c'était un animal différent. La femme aussi le regarda.

— Cet après-midi, j'ai dû chasser les gosses avec un bâton, dit-elle. Ils avaient amené une vieille poule pour l'accoupler avec, à cause de la race.

— Ce n'est pas la première fois, dit le colonel. Dans les villages, les gens faisaient de même avec le colonel Aureliano Buendia. On lui amenait des filles pour qu'elles aient des enfants de lui.

Elle rit de l'anecdote. Le coq émit un gloussement guttural qui se répercuta jusque dans l'entrée comme une sourde conversation humaine. « Quelquefois, je pense que cet animal va se mettre à parler », dit la femme. Le colonel la considéra.

— C'est un coq sonnant et trébuchant, dit-il — Il fit et refit ses calculs en absorbant une cuillerée de semoule. — Il nous donnera bien à manger pour trois ans.

— L'illusion, ça ne se mange pas, dit la femme.

— Ça ne se mange pas, mais ça nourrit, répliqua le colonel. C'est un peu comme les pastilles miraculeuses de mon *compadre* Sabas.

Il dormit mal cette nuit-là, essayant de chasser les chiffres de sa tête. Le lendemain, au déjeuner, la femme servit deux assiettes de semoule et mangea la sienne tête baissée, sans dire mot. Le colonel se rendit compte que son humeur sombre le gagnait lui aussi.

— Qu'est-ce que tu as?

— Rien, dit la femme.

Il eut l'impression que c'était elle qui, à son tour, avait pris le parti de mentir. Il voulut la consoler, mais ce fut peine perdue.

— Rien d'extraordinaire, dit-elle. Je pensais que le mort est mort depuis deux mois et que je n'ai toujours pas présenté mes condoléances.

Elle alla les présenter ce soir-là. Le colonel l'accompagna jusqu'à la porte du mort, puis, attiré par la musique des haut-parleurs, il se dirigea seul vers le cinéma. Assis sur le seuil de son bureau, le père Angel surveillait l'entrée pour voir qui assistait à la séance malgré ses douze avertissements. Les jets de lumière, la musique stridente, les cris des enfants opposaient une résistance physique dans cette partie du village. Un des enfants menaça le colonel avec un fusil en bois.

— Et le coq, colonel, dit-il d'une voix autoritaire.

Le colonel brandit ses deux mains.

— Le voilà, le coq.

Une affiche en quatre couleurs barrait complètement la façade de la salle : *Vierge de minuit.* C'était une femme en robe de bal, une jambe découverte jusqu'à la cuisse. Le colonel ne s'intéressa pas au programme. Il continua d'errer dans les parages jusqu'à ce qu'eussent éclaté des coups de tonnerre accompagnés d'éclairs lointains. Il revint alors sur ses pas, songeant à sa femme.

Elle n'était pas à la maison du mort, ni dans la leur. La pendule était arrêtée. Le colonel calcula qu'il restait peu de temps avant le couvre-feu. Il attendit, sentant le mauvais temps se rapprocher du village. Il était sur le point de ressortir quand sa femme rentra.

Il porta le coq jusque dans la chambre. Elle

changea de vêtements et alla boire un peu d'eau dans la grand'salle. Debout sur une chaise, le colonel finissait de remonter la pendule. Il attendit le couvre-feu pour la remettre à l'heure exacte.

— Où étais-tu? demanda le colonel.

« Là-bas », répondit la femme. Elle posa le verre sur le buffet, sans regarder son mari, et s'en retourna dans la chambre. « On n'aurait pas cru qu'il se mette à pleuvoir si tôt. » Le colonel ne fit aucun commentaire. Quand le couvre-feu retentit, il mit les aiguilles de la pendule sur onze heures, referma la vitre et rangea la chaise à sa place. Il trouva sa femme en train d'égrener son chapelet.

— Tu n'as pas répondu à ma question, dit le colonel.

— Laquelle.

— Où étais-tu?

— Je suis restée par là-bas, à parler un peu, dit-elle. Il y a tellement longtemps que je n'étais pas sortie dans la rue.

Le colonel accrocha son hamac. Il ferma la maison et pulvérisa de l'insecticide. Puis il posa la lampe sur le sol et se coucha.

— Je te comprends, dit-il tristement. Le pire, dans les mauvaises passes, c'est qu'elles vous obligent à mentir.

Elle exhala un long soupir.

— J'étais chez le père Angel, dit-elle. J'ai été lui demander un prêt sur les alliances.

— Et qu'est-ce qu'il t'a dit?

— Que c'est un péché de faire commerce avec les choses sacrées.

Elle continua de parler derrière la moustiquaire. «Il y a deux jours, j'ai essayé de vendre la pendule, dit-elle. Ça n'intéresse personne, parce qu'on vend à crédit des pendules modernes avec des chiffres lumineux. On peut voir l'heure dans le noir.» Le colonel constata que quarante ans de vie commune, de faim commune, de souffrances communes ne lui avaient pas suffi pour connaître sa femme. Il sentit que quelque chose avait également vieilli dans leur amour.

— On ne veut pas non plus du tableau, dit-elle. Presque tout le monde a le même. J'ai été jusque chez les turcs [1].

Le colonel se sentit amer.

— Ce qui fait que maintenant, tout le monde sait qu'on est en train de mourir de faim, dit-il.

— Je suis fatiguée, dit la femme. Les hommes ne se rendent pas compte des pro-

1. En Colombie, on nomme indistinctement « turcs » les Syriens et les Libanais émigrés, nombreux sur la côte atlantique, tenant exclusivement des boutiques mi-bazar, mi-épicerie. De même, les juifs y sont appelés « polonais ». *(N. d. T.)*

blèmes de la maison. Il y a des fois où j'ai mis des pierres à bouillir pour que les voisins ne sachent pas qu'on est resté des jours sans rien avoir à mettre dans la marmite.

Le colonel se sentit offensé.

— C'est une véritable humiliation, dit-il.

La femme sortit de la moustiquaire et se dirigea vers le hamac. « J'ai résolu d'en finir avec toutes les singeries et rêvasseries de cette maison. » Et sa voix commença à s'obscurcir de colère. « J'en ai par-dessus la tête de la résignation et de la dignité. »

Pas un muscle ne bougea chez le colonel.

— Vingt ans à attendre le père Noël qu'on te promettait pour après chaque élection, et de tout ça il ne nous reste qu'un fils mort. Rien qu'un fils mort!

Le colonel était habitué à ce genre de récriminations.

— Nous faisons notre devoir, dit-il.

— Et eux au Sénat, ils continueront de faire pendant vingt ans leur devoir à mille pesos par mois, répliqua la femme. Mon *compadre* Sabas, lui, il a une maison à étage où il n'arrive même pas à mettre tout son argent : un homme qui a débarqué au village en vendant des médecines avec une couleuvre enroulée autour du cou.

— Mais il est en train de mourir du diabète, dit le colonel.

— Et toi tu meurs de faim, dit la femme. Pour bien te convaincre que la dignité, ça ne se mange pas.

L'éclair l'interrompit. Le tonnerre éclata en mille morceaux dans la rue, entra dans la maison et roula jusque dans la chambre comme une avalanche. La femme bondit jusqu'à la moustiquaire en quête de son chapelet.

Le colonel sourit.

— Ça, c'est parce que tu n'as pas su retenir ta langue, dit-il. Je t'ai toujours dit que Dieu était de mon côté.

Mais, en réalité, il se sentait amer. Il ne tarda pas à éteindre la lampe et à remâcher ses pensées dans l'obscurité cisaillée par les éclairs. Il se souvint de Macondo. Le colonel y avait attendu dix ans que se réalisent les promesses de Neerlandia. Dans la torpeur de la sieste, il avait vu arriver un train jaune et poussiéreux où étaient entassés, jusque sur le toit des wagons, une foule d'hommes, de femmes et d'animaux asphyxiés de chaleur. C'était la fièvre de la banane. En vingt-quatre heures, ils avaient transformé le village. « Je pars, avait alors dit le colonel. L'odeur de la banane me met les intestins en purée. » Il avait

quitté Macondo au retour du train, le mercredi 27 juin 1906 à deux heures dix-huit de
l'après-midi. Et il lui avait fallu un demi-siècle
pour se rendre compte qu'il n'avait pas connu
une minute de répit depuis la reddition de
Neerlandia.

Il ouvrit les yeux.

— Il ne faut donc plus y penser, dit-il.

— A quoi?

— Au coq, dit le colonel. Demain, on le
vendra à mon *compadre* Sabas pour neuf
cents pesos.

Chapitre VI

Mêlés aux cris de don Sabas, les gémissements des animaux châtrés pénétrèrent par la fenêtre du bureau. « S'il ne rapplique pas dans dix minutes, je m'en vais », se promit le colonel au bout de deux heures d'attente. Mais il attendit encore vingt minutes. Il allait partir quand don Sabas entra dans le bureau, suivi d'un groupe de *peons*. Il passa à plusieurs reprises devant le colonel sans le voir. Il le remarqua seulement lorsque les *peons* s'en furent allés.

— Vous m'attendiez, *compadre*?

— Oui, *compadre*, dit le colonel. Mais si vous êtes occupé, je peux repasser plus tard.

Don Sabas, de l'autre côté de la porte, ne l'écouta pas.

— Je reviens tout de suite, dit-il.

C'était un après-midi brûlant. La réverbération de la rue rayonnait dans tout le bureau.

Abruti par la chaleur, le colonel ferma les yeux sans s'en rendre compte et se mit aussitôt à rêver de sa femme. L'épouse de don Sabas entra sur la pointe des pieds.

— Ne vous réveillez pas, *compadre*, dit-elle. Je vais fermer les persiennes. Ce bureau est un enfer.

Le colonel la suivit d'un regard complètement inconscient. Ayant fermé la fenêtre, elle lui parla dans la pénombre.

— Vous rêvez souvent?

— Quelquefois, répondit le colonel, honteux de s'être endormi. Je rêve presque toujours que je me prends dans des toiles d'araignées.

— Moi, j'ai des cauchemars toutes les nuits, dit la femme. Et j'ai fini par savoir qui sont ces inconnus qu'il arrive de rencontrer dans les rêves.

Elle brancha le ventilateur. « La semaine dernière, une femme est apparue au pied de mon lit, dit-elle. J'ai eu le courage de lui demander qui elle était et elle m'a répondu : "Je suis la femme qui est morte il y a douze ans dans cette chambre." »

— La maison a été construite il y a à peine deux ans, dit le colonel.

— C'est comme ça, dit la femme. Ça veut dire que même les morts peuvent se tromper.

Le vrombissement du ventilateur donna plus de consistance à la pénombre. Agacé par la torpeur et par cette femme bourdonnante qui en venait à passer sans ambages des rêves au mystère de la réincarnation, le colonel s'impatienta. Il n'attendait qu'un silence pour se lever et partir quand don Sabas entra dans le bureau avec son contremaître.

— Je t'ai réchauffé la soupe quatre fois, dit la femme.

— Si tu veux, tu peux la réchauffer dix fois, dit don Sabas. Mais pour le moment, ne m'échauffe pas la bile.

Il ouvrit le coffre-fort, remit à son contremaître un rouleau de billets tout en lui dispensant une série d'instructions. Le contremaître entrouvrit les persiennes pour compter l'argent. Don Sabas aperçut le colonel au fond du bureau, mais il n'eut aucune réaction. Il poursuivit sa discussion avec le contremaître. Le colonel se leva au moment où les deux hommes allaient quitter une nouvelle fois le bureau. Don Sabas marqua un arrêt avant d'ouvrir la porte.

— Qu'est-ce que je peux pour vous, *compadre*?

Le colonel constata que le contremaître l'observait.

— Rien, *compadre*, dit-il. Je voulais simplement vous parler.

— Quoi que ce soit, dites-le-moi tout de suite, fit don Sabas. Je n'ai pas une minute à perdre.

Il restait en arrêt, la main posée sur la poignée de la porte. Le colonel sentit s'écouler les cinq plus longues secondes de sa vie. Il serra les dents.

— C'est au sujet du coq, murmura-t-il.

Don Sabas ouvrit alors complètement la porte. « Au sujet du coq », répéta-t-il en souriant, et il poussa le contremaître dans l'entrée. « Le monde est en train de s'écrouler et mon *compadre* n'a que son coq en tête. » Il s'adressa ensuite au colonel :

— C'est bien, *compadre*. Je reviens à l'instant.

Le colonel resta immobile au milieu du bureau jusqu'à ce qu'il eût cessé d'entendre les pas des deux hommes à l'autre bout de l'entrée. Il sortit alors se promener à travers le village paralysé par la sieste dominicale. Il n'y avait personne dans l'échoppe du tailleur. Le cabinet du médecin était clos. Nul ne surveillait les marchandises dans les boutiques des Syriens. La rivière était une lame d'acier. Au port, un homme dormait sur quatre barils de pétrole, un chapeau protégeant sa tête du soleil. Le colonel prit le chemin de chez lui, convaincu que rien d'autre que lui-même n'était plus en mouvement par le village.

La femme l'attendait avec un déjeuner complet.

— J'ai obtenu du crédit en promettant de payer de bonne heure demain matin, expliqua-t-elle.

Pendant le déjeuner, le colonel lui narra les événements des trois dernières heures. Elle l'écouta avec impatience.

— Ce qu'il y a, c'est que tu n'as pas assez de caractère, dit-elle quand il eut fini. Tu te présentes comme si tu allais demander l'aumône, alors que tu dois y aller la tête haute et prendre mon *compadre* en particulier pour lui dire : « *Compadre*, j'ai décidé de vendre le coq. »

— Facile à dire, fit le colonel.

Elle prit une attitude énergique. Ce matin-là, elle avait mis la maison en ordre et s'était vêtue de manière insolite avec les vieilles chaussures de son mari, un tablier en toile cirée et un chiffon amarré à sa tête par deux nœuds sur les oreilles. « Tu n'as pas le moindre sens des affaires, dit-elle. Quand on va pour vendre quelque chose, il faut se faire la même figure que pour aller acheter. »

Le colonel découvrit quelque chose d'amusant dans l'expression de son visage.

— Reste un peu comme tu étais, l'interrompit-il en souriant. Tu ressembles comme deux gouttes d'eau au petit bonhomme de la semoule Quaker.

Elle ôta le chiffon de sa tête.

— Je te parle sérieusement, dit-elle. J'emmène tout de suite le coq chez mon *compadre* et je te parie ce que tu veux que je rentre dans une demi-heure avec les neuf cents pesos.

— Les zéros te sont montés à la tête, dit le colonel. Voilà que tu commences déjà à parier avec l'argent du coq.

Il eut du mal à la dissuader. Elle avait consacré la matinée à organiser mentalement le programme des trois années à venir sans cette attente angoissée des vendredis; préparé la maison pour y recevoir les neuf cents pesos; dressé une liste des choses indispensables dont ils avaient besoin, sans omettre une paire de chaussures neuves pour le colonel; prévu dans la chambre un emplacement pour un miroir. Provisoirement frustrée dans tous ses projets, elle éprouvait une sensation mêlée de honte et de rancœur.

Elle fit une brève sieste. Quand elle se leva, le colonel était assis dans la cour.

— Et maintenant, qu'est-ce que tu fais, demanda-t-elle.

— Je réfléchis, dit le colonel.

— Alors le problème est résolu. On pourra compter sur cet argent pour dans une cinquantaine d'années.

Mais, en fait, le colonel avait décidé de vendre le coq l'après-midi même. Il pensa à don Sabas, seul dans son bureau, face au ventilateur, se préparant pour sa piqûre quotidienne. Il avait prévu ses réponses.

— Emporte le coq, lui recommanda sa femme au moment de partir. La vue du saint fait le miracle.

Le colonel s'y refusa. Elle le suivit jusqu'à la porte de la rue avec une désespérante anxiété.

— Quand bien même il y aurait l'armée dans son bureau, dit-elle, tu l'attrapes par le bras et tu ne le lâches pas qu'il ne t'ait donné les neuf cents pesos.

— On va croire que nous préparons une attaque à main armée.

Elle n'en fit aucun cas.

— Souviens-toi que c'est toi le propriétaire du coq, insista-t-elle. Souviens-toi que c'est toi qui vas lui faire une faveur.

— Bien.

Don Sabas était dans sa chambre avec le médecin. « Profitez de l'occasion, *compadre*, dit sa femme au colonel. Le docteur est en train de le préparer pour un voyage à la propriété, et il ne rentrera pas avant jeudi. » Le colonel se débattit entre deux forces contraires : malgré sa détermination de vendre le coq, il aurait aimé être arrivé une heure plus tard pour ne pas trouver don Sabas.

— Je peux attendre, dit-il.

Mais la femme insista. Elle le conduisit dans la chambre où son mari, en caleçon, trônait sur le lit, fixant le médecin de ses yeux sans couleur. Le colonel attendit. Le médecin chauffa un tube d'urine du malade, huma la vapeur et adressa à don Sabas un signe approbateur.

— Il faudra le fusiller, dit le médecin en s'adressant au colonel. Le diabète est trop lent pour venir à bout des riches.

« Vous avez déjà fait tout votre possible avec ces maudites injections d'insuline », dit don Sabas, et il fit un bond sur ses fesses flasques. « Mais je suis un dur à cuire. » Puis, s'adressant au colonel :

— Approchez donc, *compadre.* Quand je suis sorti voir si je vous trouvais, cet après-midi, je n'ai même pas aperçu votre chapeau.

— Je n'en porte pas, pour n'avoir à l'ôter devant personne.

Don Sabas commença à s'habiller. Le

médecin glissa dans sa poche une éprouvette contenant un prélèvement de sang, puis il mit de l'ordre dans sa trousse. Le colonel pensa qu'il se disposait à partir.

— Moi, docteur, à votre place, j'enverrais à mon *compadre* une note d'honoraires de cent mille pesos, dit-il. Comme ça, il s'agiterait moins.

— Je lui ai déjà proposé le marché, mais pour un million, dit le médecin. La pauvreté est le meilleur remède contre le diabète.

« Merci pour la recette », dit don Sabas en essayant de rentrer son ventre volumineux dans sa culotte de cavalier. « Si je n'accepte pas, c'est pour vous éviter à vous la calamité d'être riche. » Le médecin vit ses propres dents réfléchies par la serrure nickelée de sa trousse. Il consulta sa montre sans manifester d'impatience. Au moment de passer ses bottes, don Sabas s'adressa intempestivement au colonel.

— Alors, *compadre,* qu'est-ce qu'il en est du coq ?

Le colonel se rendit compte que le médecin aussi attendait sa réponse. Il serra les dents.

— Rien, *compadre,* murmura-t-il. J'étais venu vous le vendre.

Don Sabas acheva de chausser ses bottes.

— Fort bien, *compadre,* dit-il sans s'émouvoir. C'est bien la chose la plus sensée qui pouvait vous venir à l'idée.

— Maintenant, je suis trop vieux pour ce genre d'affaires, se justifia le colonel devant l'expression impénétrable du médecin. Si j'avais vingt ans de moins, ce serait différent.

— Vous aurez toujours vingt ans de moins, répliqua le médecin.

Le colonel reprit son souffle. Il attendait que don Sabas ajoute encore quelque chose, mais celui-ci ne dit rien. Don Sabas enfila une veste de cuir à fermeture éclair et se disposa à sortir de la chambre.

— Si vous voulez, nous en reparlerons la semaine prochaine, *compadre,* dit le colonel.

— C'est ce que j'allais proposer, dit don Sabas. J'ai un client qui vous en donnera peut-être quatre cents pesos. Mais il nous faut attendre jusqu'à jeudi.

— Combien? demanda le médecin.

— Quatre cents pesos.

— J'avais entendu dire qu'il valait beaucoup plus, dit le médecin.

— Vous m'aviez parlé de neuf cents pesos, dit le colonel en s'appuyant sur la perplexité du médecin. C'est le meilleur coq de tout le département.

Don Sabas répondit au médecin.

« En d'autres temps, n'importe qui en aurait

donné mille, expliqua-t-il. Mais maintenant, personne n'ose plus lâcher un bon coq. Il y a toujours le risque de se faire tuer à coups de fusil dans les enclos. » Il se tourna vers le colonel avec une expression de regret appliqué :

— Voilà ce que je voulais vous dire, *compadre.*

Le colonel opina de la tête.

— Bon, dit-il.

Il les suivit dans le couloir. Le médecin s'arrêta dans le salon où la femme de don Sabas lui demanda un remède « contre ces choses que l'on ressent tout à coup mais qu'on ne sait pas ce que c'est ». Le colonel attendit dans le bureau. Don Sabas ouvrit le coffre-fort, fourra de l'argent dans toutes ses poches et tendit quatre billets au colonel.

— Voilà soixante pesos, *compadre,* dit-il. Quand vous aurez vendu le coq, nous réglerons nos comptes.

Le colonel accompagna le médecin parmi les bazars du port qui recommençaient à vivre avec la fraîcheur du soir. Une péniche chargée de canne à sucre descendait au fil du courant. Le colonel sentit chez le médecin un hermétisme insolite.

— Et vous, docteur, comment allez-vous?

Le médecin haussa les épaules.

— Comme ci, comme ça, dit-il. Je crois que j'ai besoin d'un médecin.

— C'est l'hiver, dit le colonel. Moi, il me met les intestins en purée.

Le médecin l'examina avec un regard totalement dépourvu d'intérêt professionnel. Il salua successivement les Syriens assis sur le seuil de leurs boutiques. Devant le cabinet de consultation, le colonel explicita son point de vue sur la vente du coq.

— Je ne pouvais rien faire d'autre, expliqua-t-il. Cet animal se nourrit de chair humaine.

— Le seul animal qui se nourrisse de chair humaine, c'est don Sabas, dit le médecin. Je suis sûr qu'il revendra le coq pour neuf cents pesos.

— Vous croyez?

— J'en suis certain, dit le médecin. Ce sera une aussi bonne affaire que son fameux pacte patriotique avec le maire.

Le colonel s'efforça de ne pas y croire.

— Mon *compadre* a conclu ce pacte pour sauver sa peau, dit-il. C'est pour ça qu'il a pu rester au village.

— Et c'est pour ça qu'il a pu racheter à moitié prix les biens de ses propres camarades de parti que le maire expulsait du village, répliqua le médecin.

Ne trouvant pas ses clés dans ses poches, il frappa à sa porte. Puis il fit face à l'incrédulité du colonel.

— Ne soyez pas naïf, dit-il. Ce qui intéresse don Sabas, c'est l'argent, beaucoup plus encore que sa propre peau.

Ce soir-là, la femme du colonel sortit faire des courses. Le colonel l'accompagna jusqu'aux boutiques des Syriens tout en ruminant les révélations du médecin.

— Va-t'en trouver tout de suite les camarades d'Agustin et préviens-les que le coq est vendu, lui dit-elle. Il ne faut pas les laisser dans l'illusion.

— Le coq ne sera pas vendu tant que mon *compadre* Sabas ne sera pas de retour, répondit le colonel.

Il trouva Alvaro qui jouait à la roulette dans la salle de billard. L'établissement paraissait en ébullition, ce dimanche soir. La chaleur semblait encore plus intense à cause des vibrations d'une radio à son volume maximum. Le colonel s'attarda à regarder les numéros de couleurs vives peints sur un grand tapis de toile cirée noire, qu'illuminait une lampe à pétrole posée sur un coffret au centre de la table. Alvaro s'obstinait à perdre sur le vingt-trois. Suivant le jeu par-dessus son épaule, le colonel remarqua que le onze était sorti quatre fois en neuf coups.

— Joue le onze, murmura-t-il à l'oreille d'Alvaro. C'est celui qui sort le plus souvent.

Alvaro examina le tapis. Il ne misa pas au tour suivant. Puis il sortit de l'argent de la poche de son pantalon et, avec cet argent, une feuille de papier qu'il passa au colonel par-dessous la table.

— C'est d'Agustin, dit-il.

Le colonel glissa la feuille clandestine dans sa poche. Alvaro misa gros sur le onze.

— Commence avec peu, dit le colonel.

« Ça peut être une bonne inspiration », répliqua Alvaro. Des joueurs voisins retirèrent leurs mises d'autres numéros pour les placer sur le onze au moment où l'énorme roue colorée commençait à tourner. Le colonel se sentit oppressé. Pour la première fois il éprouva la fascination, l'angoisse et l'amertume du hasard.

Ce fut le cinq qui sortit.

« Je regrette », dit le colonel, honteux, et il suivit avec un irrépressible sentiment de culpabilité le râteau de bois qui emportait l'argent d'Alvaro. « Ça m'apprendra à m'occuper de ce qui ne me concerne pas. »

Alvaro sourit sans le regarder.

— Ne vous en faites pas, colonel. Malheureux au jeu, heureux en amour.

Les trompettes du mambo s'arrêtèrent net. Les joueurs se dispersèrent, mains levées. Le colonel sentit entre ses épaules le déclic sec, articulé et froid, d'un fusil que l'on arme. Il comprit qu'il était malencontreusement tombé dans une rafle, avec la lettre clandestine dans sa poche. Il fit demi-tour sans lever les mains. Et il vit alors de tout près, pour la première fois, l'homme qui avait tiré sur son fils. Il était très exactement devant lui, le canon du fusil pointé sur son ventre. Il était petit, de type indien, la peau tannée, et il exhalait une odeur enfantine. Le colonel serra les dents et écarta doucement, du bout des doigts, le canon du fusil.

— Vous permettez, dit-il.

Son regard rencontra deux petits yeux ronds de chauve-souris. En un rien de temps, il se sentit englouti par ces yeux-là, trituré, digéré et aussitôt expulsé.

— Passez donc, colonel.

Chapitre VII

Il n'eut pas besoin d'ouvrir la fenêtre pour reconnaître décembre. Il le sentit arriver dans ses os mêmes alors qu'il coupait en menus morceaux, dans la cuisine, des fruits pour le petit déjeuner du coq. Puis il ouvrit la porte et le spectacle de la cour confirma son intuition. C'était vraiment une cour de miracle avec son herbe et ses arbres et la baraque des cabinets flottant dans la claire lumière à un millimètre au-dessus du niveau du sol.

Sa femme resta au lit jusqu'à neuf heures. Quand elle apparut à la cuisine, le colonel avait déjà mis de l'ordre dans la maison et parlait du coq avec les enfants. Elle dut faire un détour pour arriver jusqu'au fourneau.

— Otez-vous du chemin, s'écria-t-elle. — Elle décocha un regard sombre à l'animal. — Je ne vois pas encore venir le jour où on sera débarrassé de cet oiseau de malheur.

Le colonel considéra l'humeur de sa femme du point de vue du coq. Rien en lui ne méritait quelque rancœur. Il était prêt pour l'entraînement. Le cou et les cuisses pelés et violets, la crête taillée, il avait acquis une silhouette dégagée, un air sans peur et sans reproche.

— Penche-toi à la fenêtre et oublie donc le coq, dit le colonel quand les enfants s'en furent allés. Une matinée pareille, ça donne envie de se faire photographier.

Elle se pencha à la fenêtre, mais son visage ne laissa paraître aucune émotion. « J'aimerais bien planter les rosiers », dit-elle, revenue à son fourneau. Le colonel accrocha le miroir au chambranle pour se raser.

— Si tu veux planter les rosiers, rien ne t'en empêche, dit-il.

Il essaya de coordonner ses mouvements avec ceux de son image.

— Les cochons les mangent, dit-elle.

— Tant mieux, dit le colonel. Des cochons engraissés à la rose, ce doit être bien bon à manger.

Il chercha sa femme dans le miroir et se rendit compte qu'elle avait gardé la même expression. Eclairé par le feu, son visage semblait modelé dans la même matière que le fourneau. Ne la quittant pas des yeux, le colonel continua sans s'en rendre compte à se raser à tâtons, comme il l'avait fait pendant nombre d'années. La femme médita, le temps d'un long silence.

— C'est que je ne tiens pas à les planter, dit-elle.

— Bon, dit le colonel. Alors ne les plante pas.

Il se sentait bien. Décembre avait fané les efflorescences de ses viscères. Ce matin-là, il avait éprouvé quelque contrariété en essayant de mettre ses chaussures neuves. Mais, après avoir essayé à plusieurs reprises, il avait compris que l'effort était vain et il avait chaussé ses vernis. Sa femme avait remarqué le changement.

— Si tu ne mets pas les neuves, tu n'arriveras jamais à les apprivoiser, dit-elle.

— Ce sont des chaussures de paralytique, protesta le colonel. Les souliers, ça devrait se vendre avec un mois de rodage.

Il sortit dans la rue, stimulé par le pressentiment que la lettre arriverait cet après-midi-là. Comme ce n'était pas encore l'heure des gabares, il alla attendre don Sabas à son bureau. Mais on lui dit qu'il n'arriverait que le lundi. Il n'avait pas prévu ce contretemps. Il ne s'en désespéra pas. « Tôt ou tard, il faudra bien qu'il revienne », se dit-il, et il se dirigea vers le port. L'après-midi était resplendissant, baigné d'une clarté toute neuve.

— On devrait être en décembre toute l'année, murmura-t-il, assis dans le magasin du Syrien Moïse. On a l'impression d'être tout en verre.

Le Syrien Moïse dut faire effort pour traduire l'image dans son arabe presque oublié. C'était un Oriental placide, recouvert jusqu'au crâne d'une peau tirée, bien lisse, avec des mouvements denses de noyé. De fait, il avait l'air sauvé des eaux.

— C'était comme ça autrefois, dit-il. Si tout était resté pareil, j'aurais huit cent quatre-vingt-dix-sept ans. Et toi?

« Soixante-quinze », dit le colonel en suivant du regard l'employé des postes. C'est alors qu'il découvrit le cirque. Il reconnut la tente rapiécée sur le pont de la gabare du courrier, au milieu d'un amoncellement d'objets de toutes couleurs. Il perdit de vue un instant l'employé des postes pour chercher les fauves parmi les caisses entassées sur les autres gabares. Il ne les trouva pas.

— C'est un cirque, dit le colonel. C'est le premier à venir ici depuis dix ans.

Le Syrien Moïse vérifia la nouvelle en s'adressant à sa femme dans un mélange d'arabe et d'espagnol. Elle répondit depuis l'arrière-boutique. Il fit un commentaire pour lui-même et traduisit ensuite sa préoccupation au colonel.

— Cache ton chat, colonel. Les gosses les volent pour les revendre au cirque.

Le colonel s'apprêtait à emboîter le pas à l'employé des postes.

— Ce n'est pas un cirque de fauves, dit-il.

— C'est pareil, répliqua le Syrien. Les acrobates mangent du chat pour ne pas se rompre les os.

Il suivit l'employé des postes jusqu'à la place parmi les bazars du port. Il y fut surpris par la turbulente clameur des enclos de combat. Quelqu'un, au passage, lui dit quelque chose à propos de son coq. Alors seulement il se souvint que c'était le jour fixé pour le début de l'entraînement.

Il passa sans s'arrêter devant le bureau de poste. Il se retrouva bientôt plongé dans la furieuse atmosphère de l'enclos. Il vit son coq au centre de la piste, seul, sans défense, les ergots enveloppés de chiffons; un certain degré de peur perceptible faisait trembler ses pattes. L'adversaire était un coq triste et cendré.

Le colonel ne ressentit aucune émotion. Ce fut une succession d'assauts égaux, dans un mélange instantané de plumes, de pattes et de cous, au centre d'un tumulte d'ovations. Renvoyé contre les planches de la barrière, l'adversaire tournoyait sur lui-même et revenait à l'assaut. Son coq n'attaqua pas. Il repoussa chaque assaut pour retomber exactement à la même place. Mais, maintenant, ses pattes ne tremblaient plus.

Germán sauta la barrière, l'éleva à deux mains et l'exhiba au public des gradins. Il y eut une explosion frénétique de cris et d'applaudissements. Le colonel nota la disproportion entre l'enthousiasme de l'ovation et l'intensité du spectacle. Ce lui parut une sorte de farce à laquelle — volontairement et consciemment — les coqs se prêtaient eux aussi.

Poussé par une curiosité un peu méprisante, il examina la galerie circulaire. Une foule exaltée se précipita des gradins sur la piste. Le colonel observa la confusion de ces visages chaleureux, anxieux, terriblement vivants. C'étaient des nouveaux, tous les gens nouveaux du village. Il revécut — comme en un présage — une minute effacée de l'horizon de sa mémoire. Alors il franchit la barrière, se fraya un chemin parmi la foule concentrée dans l'arène et rencontra les yeux tranquilles de Germán. Ils se regardèrent sans ciller.

— Bonsoir, colonel.

Le colonel lui prit le coq des mains. « Bonsoir », murmura-t-il. Et il n'en dit pas plus, car la chaude et profonde palpitation du coq le fit tressaillir. Il se dit qu'il n'avait jamais tenu chose aussi vivante entre ses mains.

— Vous n'étiez pas chez vous, dit Germán, perplexe.

Une nouvelle ovation l'interrompit. Le colonel se sentit intimidé. A nouveau il se fraya un chemin sans regarder personne, étourdi par les applaudissements et les cris; il déboucha dans la rue avec le coq sous le bras.

Tout le village sortit pour le voir passer, suivi par les enfants de l'école. A un coin de la place, un Noir gigantesque, juché sur une table, une couleuvre enroulée autour du cou, vendait des médecines sans licence. De retour du port, des gens s'étaient arrêtés pour écouter son boniment. Mais quand le colonel passa avec le coq, l'attention se détourna vers lui. Jamais le chemin jusqu'à chez lui n'avait été aussi long.

Il ne s'en plaignit pas. Il y avait longtemps que le village, épuisé par dix ans d'histoire, gisait dans une espèce de torpeur. Cet après-midi-là — d'un autre vendredi sans lettre —, les gens s'étaient réveillés. Le colonel se souvint alors d'une autre époque. Il se revit lui-même, avec sa femme et son fils, assistant sous un parapluie à un spectacle que la pluie n'avait pas interrompu. Il se souvint des dirigeants de son parti, scrupuleusement peignés, s'éventant dans la cour de sa maison au rythme de la musique. Il en vint presque à ressentir à nouveau la douloureuse résonance de la grosse caisse dans ses intestins.

Il traversa la rue parallèle à la rivière et, là encore, retrouva la tumultueuse multitude des lointains dimanches d'élections. Les gens contemplaient le débarquement du cirque. De l'intérieur d'une boutique, une femme cria quelque chose au sujet du coq. Il continua son chemin, l'air absent, les oreilles pleines de voix éparses comme si les débris de l'ovation de l'enclos le poursuivaient encore.

A la porte de chez lui, il se tourna vers les enfants.

— Rentrez chez vous tout de suite, dit-il. Celui qui fait un pas de plus, je le fais sortir à coups de fouet.

Il boucla la porte de la rue et alla droit à la cuisine. Sa femme sortit de la chambre en s'asphyxiant dans ses propres cris. « Ils l'ont pris de force. Je leur ai dit que le coq ne sortirait pas de cette maison tant que je serais vivante. » Le colonel attacha le coq au pied du fourneau. Il changea l'eau de la gamelle, poursuivi par les accents frénétiques de sa femme.

— Ils disaient qu'ils nous passeraient sur le

corps pour le prendre, dit-elle. Ils disaient que le coq ¬'était pas à nous, mais à tout le village.

Il attendit d'en avoir terminé avec le coq pour se tourner vers le visage décomposé de sa femme. Il découvrit sans étonnement qu'il ne ressentait ni remords ni pitié.

« Ils ont bien fait », dit-il posément. Puis, fouillant dans ses poches, il ajouta avec une sorte d'insondable douceur :

— On ne vend pas le coq.

Elle le suivit jusqu'à la chambre. Elle le sentait on ne peut plus humain, mais insaisissable, comme si elle le voyait sur un écran de cinéma. Le colonel prit une poignée de billets dans l'armoire, les ajouta à ceux qu'il avait dans ses poches, les compta et replaça le tout dans l'armoire.

— Cela fait vingt-neuf pesos; ils sont à rendre à mon *compadre* Sabas, dit-il. On lui réglera le reste quand la pension arrivera.

— Et si elle ne vient pas, demanda la femme.

— Elle viendra.

— Mais si elle ne vient pas.

— Alors on ne lui rendra pas.

Il trouva les chaussures neuves sous le lit. Il revint à l'armoire pour y prendre la boîte en carton, nettoya les semelles avec un chiffon et replaça les chaussures dans la boîte, comme elles y étaient quand sa femme les lui avait apportées le dimanche soir. Elle ne broncha pas.

— On rendra les chaussures, dit le colonel. Ça fera treize pesos de mieux pour mon *compadre*.

— Ils ne les reprendront pas, dit-elle.

— Il faudra qu'ils les reprennent, répliqua le colonel. Je ne les ai mises que deux fois.

— Les turcs ne comprennent rien à ces choses-là, dit la femme.

— Il faudra bien qu'ils comprennent.

— Et s'ils ne comprennent pas.

— Alors, qu'ils ne comprennent pas.

Ils se couchèrent sans dîner. Le colonel attendit que sa femme eût terminé son chapelet pour éteindre la lampe. Mais il ne put dormir. Il entendit les cloches de la censure cinématographique et, presque aussitôt — trois heures plus tard —, le couvre-feu. La respiration caillouteuse de la femme se fit plus angoissée avec l'air glacé d'après minuit. Le colonel avait encore les yeux ouverts quand elle se mit à parler d'une voix reposée, conciliante.

— Tu es réveillé.

— Oui.

— Essaie d'être raisonnable, dit la femme. Parle demain à mon *compadre* Sabas.

— Il ne rentre que lundi.

— Tant mieux, dit la femme. Comme ça, tu auras trois jours pour réfléchir.

— Il n'y a rien à réfléchir, dit le colonel.

A l'air visqueux d'octobre avait succédé une fraîcheur apaisante. Le colonel reconnut encore décembre à la ponctualité des butors. Quand deux heures sonnèrent, il n'avait pas encore pu s'assoupir. Mais il savait que sa femme aussi était éveillée. Il essaya de trouver une autre position dans son hamac.

— Tu ne dors toujours pas, dit la femme.

— Non.

Elle réfléchit un moment.

— On ne peut pas se permettre ça, dans notre situation, dit-elle. Pense un peu à ce que ça représente, quatre cents pesos.

— La pension va bientôt arriver, dit le colonel.

— Tu dis la même chose depuis quinze ans.

— C'est pour ça, dit le colonel. Elle ne peut plus tarder bien longtemps.

Elle préféra garder le silence. Mais quand elle reparla, le colonel eut l'impression que le temps ne s'était pas écoulé.

— Je crois bien que cet argent n'arrivera jamais, dit la femme.

— Il arrivera.

— Et s'il n'arrive pas.

Le colonel n'eut pas de voix pour répondre.

Le premier chant du coq le fit se heurter à la réalité, mais il se replongea alors dans un sommeil dense, sûr, sans remords. Quand il se réveilla, le soleil était déjà haut. Sa femme dormait. Le colonel répéta méthodiquement, avec deux heures de retard, ses mouvements matinaux, et il attendit sa femme pour le petit déjeuner.

Elle se leva, impénétrable. Ils se dirent bonjour et s'assirent pour prendre le petit déjeuner qu'ils absorbèrent en silence. Puis le colonel alla passer toute la matinée dans l'échoppe du tailleur. A une heure, il rentra chez lui et trouva sa femme en train de raccommoder au milieu des bégonias.

— C'est l'heure de déjeuner, dit-il.

— Il n'y a pas de déjeuner, dit la femme.

Le colonel haussa les épaules. Il s'employa à colmater les brèches de la clôture, dans la cour, pour empêcher les enfants de rentrer dans la cuisine. Quand il revint par le couloir, la table était mise.

Au cours du repas, le colonel comprit que sa femme faisait effort pour ne pas pleurer. Cette certitude l'alarma. Il connaissait le caractère de sa femme, naturellement dur, encore endur-ci par quarante années d'amertume. La mort de son fils ne lui avait pas arraché une larme.

Il la regarda droit dans les yeux d'un air

réprobateur. Elle se mordit les lèvres, se sécha les paupières avec sa manche et continua de déjeuner.

— Tu es un inconsidéré, dit-elle.

Le colonel ne dit rien.

« Tu es un capricieux, une tête de mule et un inconsidéré », répéta-t-elle. Elle croisa les couverts sur son assiette, mais aussitôt, par superstition, rectifia leur position.

— Toute une vie à manger de la terre pour en arriver maintenant à ce que tu me considères moins qu'un coq.

— C'est différent, dit le colonel.

— C'est la même chose, répliqua la femme. Tu aurais dû te rendre compte que je suis en train de mourir et que ce que j'ai, ce n'est pas une maladie, mais une agonie.

Le colonel ne reparla qu'à la fin du déjeuner.

— Si le docteur me garantit qu'en vendant le coq, ça peut t'enlever ton asthme, je le vends sur-le-champ, dit-il. Sinon, non.

Cet après-midi-là, il emporta le coq à l'enclos. A son retour, il trouva sa femme au bord de la crise. Elle arpentait le couloir, ses cheveux défaits sur les épaules, bras ouverts, happant l'air par-delà le sifflement de ses poumons. Elle demeura ainsi jusqu'aux premières heures de la soirée. Puis elle se coucha sans dire mot à son mari.

Elle mastiqua des prières jusqu'au couvre-feu. Le colonel se prépara alors à éteindre la lampe. Mais elle s'y opposa.

— Je ne veux pas mourir dans le noir, dit-elle.

Le colonel laissa la lampe sur le sol. Il commençait à se sentir épuisé. Il aspirait à tout oublier, à dormir d'une traite pendant quarante-quatre jours et à ne se réveiller que le 20 janvier à trois heures de l'après-midi, dans l'enclos, à l'instant précis où il lâcherait le coq. Mais il se savait menacé par la veille de sa femme.

« C'est toujours la même histoire, entonna-t-elle bientôt. Nous, on crève de faim pour que ce soit les autres qui mangent. La même histoire depuis quarante ans. »

Le colonel garda le silence jusqu'à ce que sa femme se fût interrompue pour lui demander s'il était éveillé. Il lui répondit que oui. Sa femme continua alors d'un ton uni, rapide, implacable.

— Tout le monde gagnera avec ce coq, sauf nous. Nous sommes les seuls à ne pas avoir un centime pour parier.

— Le propriétaire du coq a droit à vingt pour cent.

— Tu avais droit aussi au poste qu'on te promettait quand on te faisait courir tous les risques aux élections, répliqua la femme. Tu avais droit aussi à ta pension d'ancien combattant après avoir risqué ta peau pendant la guerre civile. Aujourd'hui, tout le monde a sa vie assurée et toi, tu meurs de faim, complètement seul.

— Je ne suis pas seul, dit le colonel.

Il voulut lui expliquer quelque chose, mais le sommeil l'avait vaincu. Elle continua à parler sourdement jusqu'à ce qu'elle se fût rendu compte que son mari dormait. Elle sortit alors de la moustiquaire et arpenta les ténèbres de la grand'salle. Elle continua d'y parler. Le colonel l'appela aux toutes premières heures du jour.

Elle apparut à la porte, spectrale, illuminée d'en bas par la lampe presque éteinte. Elle l'éteignit elle-même avant de rentrer sous la moustiquaire. Mais elle continua de parler.

— Nous allons faire une chose, l'interrompit le colonel.

— La seule chose qu'il y ait à faire, c'est de vendre le coq, dit la femme.

— On peut vendre aussi la pendule.

— On ne te l'achètera pas.

— Demain, j'essaierai d'obtenir d'Alvaro qu'il m'en donne quarante pesos.

— Il ne te les donnera pas.

Quand la femme se remit à parler, elle était à nouveau hors de la moustiquaire. Le colonel perçut sa respiration imprégnée d'herbes médicinales.

— On ne te l'achètera pas, dit-elle.

— Nous verrons bien, dit doucement le colonel, sans une trace d'altération dans sa voix. Maintenant, dors. Si demain on ne peut rien vendre, on pensera à autre chose.

Il essaya de garder les yeux ouverts, mais le sommeil le terrassa. Il tomba tout au fond d'une substance où le temps ni l'espace n'avaient cours et où les paroles de sa femme revêtaient un sens différent. Mais, peu après, il se sentit secoué par l'épaule.

— Réponds-moi.

Le colonel ne sut pas s'il avait entendu ces mots avant ou après avoir rêvé. Le jour commençait à poindre. La fenêtre se découpait dans la verte clarté du dimanche. Il se dit qu'il avait de la fièvre. Ses yeux le brûlaient, il dut faire grand effort pour retrouver sa lucidité.

— Qu'est-ce qu'on va faire si on ne peut rien vendre, répéta la femme.

— A ce moment-là, on sera le 20 janvier, dit le colonel, parfaitement conscient. Les vingt pour cent, ils les paient l'après-midi même.

— Si le coq gagne, dit la femme. Mais s'il perd. Il ne t'est pas venu à l'idée que le coq pouvait perdre.

— C'est un coq qui ne peut pas perdre.

— Mais suppose qu'il perde.

— On a encore quarante-cinq jours devant nous avant de commencer d'y penser, dit le colonel.

La femme perdit espoir.

« Et pendant ce temps-là, qu'est-ce qu'on mangera », demanda-t-elle en agrippant le colonel par le col de sa chemise. Elle le secoua avec énergie.

— Dis-moi, qu'est-ce qu'on va manger.

Il avait fallu soixante-quinze ans au colonel — les soixante-quinze années de sa vie, minute après minute — pour en arriver à cet instant. C'est avec un sentiment de pureté, de limpidité, d'invincibilité qu'il répondit :

— De la merde.

Paris, janvier 1957.

Dans la collection
Les Cahiers Rouges

Cet ouvrage a été reproduit
par procédé photomécanique
par la SOCIÉTÉ NOUVELLE FIRMIN-DIDOT
Mesnil-sur-l'Estrée
pour le compte des éditions Grasset
en janvier 1991

Imprimé en France
Dépôt légal : janvier 1991
N° d'édition : 8370 – N° d'impression : 16672
ISBN 2-246-25232-6
ISSN 0756-7170